历代诗文
书画谱

鲁文忠 — 著

长江出版传媒　长江文艺出版社

图书在版编目（CIP）数据

历代诗文书画谱 / 鲁文忠著. -- 武汉：长江文艺出版社，2024.1
ISBN 978-7-5702-3134-8

Ⅰ．①历… Ⅱ．①鲁… Ⅲ．①文艺－作品综合集－中国－古代 Ⅳ．①I212.1

中国国家版本馆 CIP 数据核字(2023)第 091028 号

历代诗文书画谱
LIDAI SHI WEN SHU HUA PU

责任编辑：黄雪菁	责任校对：毛季慧
封面设计：胡冰倩	责任印制：邱 莉 杨 帆

出版：长江出版传媒 长江文艺出版社
地址：武汉市雄楚大街 268 号　　　邮编：430070
发行：长江文艺出版社
http://www.cjlap.com
印刷：武汉中科兴业印务有限公司

开本：680 毫米×1010 毫米　1/16　　印张：34
版次：2024 年 1 月第 1 版　　　　2024 年 1 月第 1 次印刷
字数：500 千字

定价：198.00 元

版权所有，盗版必究（举报电话：027—87679308　87679310）
（图书出现印装问题，本社负责调换）

目　录

一、上古神话及历代神话故事 / 001

　　1. 创世神话 / 003
　　2. 自然神话 / 011
　　3. 英雄神话 / 017
　　4. 传奇神话及其他 / 021

二、《诗经》和楚辞 / 027

　　1. 《诗经·豳风·七月》等诗书画图 / 029
　　2. 南宋马和之画《诗经》图 / 033
　　3. 屈原图像和《离骚》书画图 / 036
　　4. 《九歌》书画图 / 041
　　5. 元代张渥《九歌图》/ 044
　　6. 明代陈洪绶《九歌图》/ 046
　　7. 楚辞其他诗作诗意画 / 049

三、先秦散文 / 053

　　1. 孔子和孟子 / 055
　　2. 老子与庄子 / 063
　　3. 《左传》/ 070

四、两汉诗文 / 073

　　1. 刘邦、项羽和刘彻的诗 / 075
　　2. 贾谊、晁错、枚乘、董仲舒、司马相如和东方朔 / 078
　　3. 司马迁和《史记》/ 082

4. 刘向、扬雄、王充、班固和梁鸿 / 086

5. 汉乐府诗和《古诗十九首》/ 093

五、魏晋南北朝诗文 / 095

1. 曹操、曹丕和曹植《洛神赋》书画 / 097

2. 诸葛亮和《出师表》书画 / 104

3. 建安七子王粲等和竹林七贤嵇康、阮籍等 / 108

4. 晋代杜预、左思、陆机、陆云、张翰、潘岳、石崇、谢安和王羲之 / 113

5. 谢灵运、谢惠连、范晔、陆凯、刘义庆和谢庄 / 120

6. 孔稚珪、谢朓、陶弘景、萧衍、萧统和庾信 / 130

7. 北朝民歌《木兰辞》/ 136

六、陶渊明诗文 / 139

1. 陶渊明图像及生活情景画 / 141

2. 庐山观莲 / 147

3. 陶渊明诗歌书画图 / 151

4. 《桃花源记》文意画 / 156

5. 《归去来兮辞》书画图 / 159

6. 元代何澄《归庄图》/ 162

7. 明代马轼、李在、夏芷《陶渊明事迹图》（九幅选七）/ 164

8. 明代陈洪绶《陶渊明故事图》/ 166

七、初唐诗文 / 169

1. 魏徵、王绩和寒山、拾得 / 171

2. "初唐四杰"之骆、卢、杨 / 174

3. "初唐四杰"之王勃 / 177

4. 贺知章和张旭、张若虚和张九龄 / 182

5. 陈子昂 / 186

八、盛唐诗文 / 189

　　1. 王之涣、王昌龄和王湾 / 191
　　2. 孟浩然 / 194
　　3. 王维 / 196
　　4. 王维诗歌 / 198
　　5. 高适、崔颢、刘长卿、岑参和金昌绪 / 203

九、李白诗文 / 209

　　1. 李白图像及生活情景画 / 211
　　2. "醉圣"应诏作佳词 / 216
　　3. 《蜀道难》诗意图 / 219
　　4. 望庐山瀑布和登金陵凤凰台 / 222
　　5. 其他诗作书帖 / 226
　　6. 其他诗作诗意画 / 230
　　7. 词及散文书画图 / 236

十、杜甫诗歌 / 239

　　1. 杜甫图像及生活情景画 / 241
　　2. 宋金元时期杜甫诗书帖 / 243
　　3. 明清时期杜甫诗书帖 / 245
　　4. 明清谢时臣、王时敏画杜甫诗意图 / 251
　　5. 饮中八仙歌 / 256
　　6. 其他诗作画意图 / 258

十一、中唐诗文 / 263

　　1. 韦应物、顾况与张志和 / 265
　　2. 陆贽、崔护、王建和大历十才子 / 267
　　3. 韩愈 / 270
　　4. 柳宗元 / 275

5. 刘禹锡和元稹 / 279

6. 孟郊、贾岛、李贺、张祜、卢仝和许浑 / 283

十二、白居易诗歌 / 289

1. 白居易图像及生活情景画 / 291
2. 琵琶行 / 295
3. 长恨歌 / 298
4. 其他诗作 / 301

十三、晚唐诗文 / 305

1. 杜牧和《山行》诗 / 307
2. 杜牧其他诗文 / 309
3. 温庭筠和李商隐 / 314
4. 唐末五代其他作家诗词 / 319
5. 踏雪寻梅与驴背诗思 / 323

十四、北宋诗文 / 327

1. 王禹偁、梅尧臣和苏舜钦 / 329
2. 林逋 / 331
3. 柳永 / 334
4. 张先与宋祁 / 337
5. 晏殊与晏几道、苏洵与苏辙 / 340
6. 周敦颐、曾巩和司马光 / 344
7. 王安石 / 347
8. 西园雅集图 / 351
9. 黄庭坚 / 355
10. 秦观 / 359
11. 贺铸、周邦彦、陈师道和潘大临 / 362

十五、范仲淹、欧阳修诗文 / 365

1. 作家图像 / 367
2. 诗意、词意画图 / 368
3. 范仲淹《岳阳楼记》书画图 / 370
4. 欧阳修《醉翁亭记》书画图 / 371
5. 欧阳修《秋声赋》书画图 / 375

十六、苏轼诗文 / 379

1. 苏轼图像及生活情景画 / 381
2. 竹杖芒鞋笠屐图 / 386
3. 苏轼诗作书画图 / 388
4. 苏轼词作词意画 / 392
5. 《记承天寺夜游》文意图 / 396
6. 《赤壁赋》书法图 / 398
7. 《赤壁赋》文意画 / 403

十七、南宋诗文 / 407

1. 叶梦得、朱敦儒、周紫芝和张孝祥 / 409
2. 李纲、胡铨、岳飞和文天祥 / 412
3. 陈与义、范成大、杨万里和朱熹 / 415
4. 陆游 / 421
5. 辛弃疾 / 425
6. 姜夔 / 427
7. 陈亮、刘过、史达祖和真德秀 / 431
8. 赵师秀、戴复古和刘克庄 / 433
9. 吴文英、周晋、周密和蒋捷 / 436

十八、金元诗文 / 441

1. 金代赵秉文、元好问和元初耶律楚材 / 443

2. 白朴和马致远 / 445

3. 刘因、赵孟𫖯、吴澄和虞集 / 447

4. 张养浩、贯云石、朱德润和萨都剌 / 450

5. 杨维桢 / 452

6. 王冕和倪瓒 / 454

十九、明代诗文 / 457

1. 刘基、宋濂、袁凯、高启、方孝孺、杨士奇、杨荣和于谦 / 459

2. 沈周、解缙、祝允明、唐寅和文徵明 / 464

3. 李东阳、王守仁、李梦阳、杨慎、归有光和李贽 / 473

4. 梁辰鱼、徐渭、王世贞、汤显祖和袁宏道 / 479

5. 徐霞客、张溥和陈子龙 / 482

二十、清代诗文 / 483

1. 钱谦益、吴伟业、黄宗羲、方以智和冒襄 / 485

2. 归庄、顾炎武、尤侗、王夫之、毛奇龄和屈大均 / 489

3. 陈维崧、朱彝尊、王士禛、宋荦、纳兰性德、厉鹗和郑燮 / 493

4. 袁枚、姚鼐、蒋士铨、黎简和阮元 / 500

5. 林则徐和姚燮 / 503

二十一、历代才女诗文 / 507

1. 卓文君、班婕妤和班昭 / 509

2. 蔡琰 / 513

3. 苏蕙与苏伯玉妻 / 517

4. 唐五代才女 / 520

5. 李清照 / 524

6. 朱淑真、孙道绚、管道昇和柳如是 / 529

书后小记 / 533

一、上古神话及历代神话故事

1. 创世神话

上古神话表现的是先民对自然现象和社会文化生活的原始理解和想象，是"通过人民的幻想用一种不自觉的艺术方式加工过的自然和社会形式本身"（马克思语）。可以说，上古神话是一种原初形态的叙述散文或小说创作。如大量记载古代神话故事的《山海经》，清代学者纪昀就认为是"侈谈神怪，百无一真"，并认定其为"小说之祖"（《四库全书简明目录》）。

上古神话指中国夏朝以前直至远古时期的神话和传说。记载中国古代神话的主要典籍有《山海经》《穆天子传》《楚辞》《淮南子》和《列子》等，其他如《左传》《国语》《吕氏春秋》《史记》和《汉书》等也有录存。其中当以《山海经》为最，不仅保存的神话最为丰富，而且最接近远古神话的本貌。说《山海经》是夏禹、伯益所作，当然不可信；一般认为是出于战国人之手，后来在秦汉时有所增益。晋时郭璞《山海经注》出现最早，清代郝懿行《山海经疏》最为完备。今人袁珂有校注、校译本可供阅读。

表现中国古代神话内容的绘画作品，主要是《山海经》《楚辞》和明清神魔小说中的插图，汉魏六朝时的画像石、画像砖中也画有大量的神话内容。存世作品中，年代最久远而又较有代表性的画作，则是楚汉墓室中出土的帛画，尤其是一幅T型帛画。

盘古（汉代画像石刻）　　　　盘古（汉代画像石刻）
河南南阳出土

盘古开天辟地

　　南朝梁任昉《述异记》、清马骕《绎史》等书记载说，天地混沌如鸡蛋时，盘古生于其中。为了开辟天地，盘古一日九变，神于天，圣于地。天日高一丈，地日厚一丈，他日长一丈。如此一万八千岁，天极高，地极深，他也极长。又说，盘古垂死化身，气成风云，声为雷霆，左眼为日，右眼为月，四肢五体为四极五岳，血液为江河，经脉为地理，肌肉为田土，发髭为星辰，皮毛为草木，齿骨为金石，精髓为珠玉，汗流为雨泽。身之诸虫，因风所感，化为黎甿。

　　盘古开天辟地的传说，气势宏大、想象丰富，是上古创世神话的代表作品。

　　附早期记叙文字两则：

　　天地混沌如鸡子，盘古生其中。万八千岁，天地开辟，阳清为天，阴浊为地。盘古在其中，一日九变，神于天，圣于地。天日高一丈，地日厚一丈，盘古日长一丈。如此万八千岁，天数极高，地数极深，盘古极长，后乃有三皇。数起于一，立于三，成于五，盛于七，处于九，故天去地九万里。

——《艺文类聚》卷一引徐整《三五历纪》

首生盘古，垂死化身。气成风云，声为雷霆，左眼为日，右眼为月，四肢五体为四极五岳，血液为江河，筋脉为地里，肌肉为田土，发髭为星辰，皮毛为草木，齿骨为金石，精髓为珠玉，汗流为雨泽。身之诸虫，因风所感，化为黎甿。

——《绎史》卷一《开辟原始》引《五运历年记》

女娲（汉代画像石刻） 河南南阳出土

女娲引绳于泥举为人

女娲是创世女神。"娲,古之神圣女,化万物者也。"(《说文解字》)关于女娲的传说,主要有举泥造人、炼石补天、制作笙簧和建立婚姻制度等。

女娲神话说女娲是人类始祖。汉代应劭《风俗通义》说:"俗说天地开辟,未有人民,女娲抟黄土作人。剧务,力不暇供,乃引绳絙于泥中,举以为人。"意思是说,在天地开辟之初,未有人类,女娲于是将黄土捏成团形造人。因为工作繁忙,还赶不上需求,女娲就将粗绳放入黄泥中,然后举起绳子,甩出泥团成为人。

女娲造人的神话,另有一说,也很有趣味。屈原《天问》中问道:"女娲有体,孰制匠之?"王逸注:"传言女娲人头蛇身,一日七十化。"化,即化生、化育之意。七十者,表明数量很多的意思。《淮南子·说林训》及其高诱注更说,女娲造人之时,诸神都来相助:黄帝助其生阴阳,上骈助其生耳目,桑林助其生臂手。说明女娲是与诸神共同创造了人类。

女娲炼五色石补天图
清·萧云从《离骚图》

女娲炼石图　清·任颐

女娲炼五色石补天

　　远古之时，自然界发生了一场巨大的灾变：四边支撑着天的天柱折断，天塌了下来，九州大地也因此崩裂。天不再完全覆盖大地，大地也因陷裂，不能再完全容载万物。大火燃烧不熄灭，洪水泛滥不止息。猛兽以善良的人民为食物，猛禽以利爪抓取老弱。于是，女娲熔炼五色石去修补苍天，同时斩断大龟的四肢代替天柱竖立在四方，把天撑起来。又杀死了兴风作浪的黑龙，以拯救中原的老百姓；然后把芦苇烧成灰，堵住了滔天的洪水。从此，苍天被补完整了，四边的方正确立，平地上泛滥的水也干涸了，中原大地变得平静安宁，凶猛的害虫死去，善良的人民得以生存。

女娲补天的神话，反映了洪荒年代，中华先民治理洪水、刺杀吃人猛兽的社会现实。

女娲补天的神话，较早详尽记载于西汉《淮南子·览冥训》之中。其文曰：

往古之时，四极废，九州裂，天不兼覆，地不周载，火爁炎而不灭，水浩洋而不息，猛兽食颛民，鸷鸟攫老弱。于是女娲炼五色石以补苍天，断鳌足以立四极，杀黑龙以济冀州，积芦灰以止淫水。苍天补，四极正，淫水涸，冀州平，狡虫死，颛民生。

伏羲女娲图（汉画像石）
河南南阳出土

伏羲女娲合欢图（唐墓绢画）
新疆吐鲁番出土

图中伏羲、女娲侧身相对，伏羲扬左手执矩，女娲扬右手执规；另一手各抱对方腰部，下半身作蛇形交绕。画面顶部画一太阳，中有三足鸟；下部画一月亮，中有玉兔、桂树和蟾蜍。人物周围，满布大小不一的圆点，代表着天宇星宿。

伏羲画像　南宋·马麟

伏羲女娲兄妹婚配繁衍人类

多种古籍载有神话传说：伏羲女娲本为兄妹，后来结为夫妻，繁衍了人类。参读袁珂《中国神话传说词典》第164页引叙。

伏羲画像
明刊本《历代古文学版画卷人物像赞》

伏羲演八卦

  传说伏羲是雷神之子，"蛇身人首，有圣德。"他能缘天梯建木，"以上下于天"，后来做了东方的天帝。

  伏羲有许多发明创造，是伏羲时代远古文明初现的"艺术加工"。如说他"师蜘蛛而结网"，教民捕鱼畜牧，"取牺牲以充庖厨"。他还是乐器瑟的发明者，创作了乐曲《驾辩》。伏羲还"制嫁娶，以俪皮（成对鹿皮，古时用作订婚的礼物）为礼"，等等。

  伏羲最大的贡献是"始作八卦"。他"坐于方坛之上，听八风之气，乃画八卦"（《太平御览》卷九引《壬子年拾遗记》）。伏羲端坐于一座方坛之上，耳听八方来风之乐音，于是画出乾（☰）、坤（☷）、震（☳）、巽（☴）、坎（☵）、离（☲）、艮（☶）、兑（☱）八种悬挂的符号，是谓八卦，主要象征天、地、雷、风、水、火、山、泽八种自然现象（风物景象）。后世又传说周文王将八卦互相组合，演绎为六十四卦，用来象征发展变化得更为复杂的各种自然现象和社会现象。

  "八卦"反映了古人对现实世界的认识，具有朴素的唯物论和辩证法因素；其说在中国延续了几千年，影响极为深远。

2. 自然神话

神农（汉画像砖刻）
江苏徐州铜山苗山汉墓出土

神农　明刊本《三才图会》

神农制耒耜、尝百草

神农为传说时代继伏羲、女娲之后的上古帝王（部族首领）。关于神农的神话传说相当多：他最早制作耒耜，教民务农，所以称之为神农。同时，他又亲尝百草，一日而遇七十毒，发现药材，以疗疾病。又说神农即炎帝，因其以火德王（"南方火德之帝"）。还有神农做琴的传说，称他最早削梧为琴、绳丝为弦，"以通神明之德，合天地之和"。

采药图 辽·佚名

  辽代佚名画家的《采药图》，描绘的就是在深山采药的神农。他头梳高髻，肩披兽皮，腰围叶裳。赤裸的双足，脚骨高高隆起，表现了他山路跋涉的艰辛。他右手持紫芝，左手拿药锄。端详着手中药材的面容，疲惫中更带着掩抑不住的喜悦之情。

黄帝（山东嘉祥武氏祠汉代石刻）   蚩尤（汉画像石）

黄帝是传说中的中华民族的始祖。黄帝先是战胜了炎帝，后又将建造戈、矛等五种兵器前来攻伐的蚩尤擒杀。从此，黄帝统一了中原大地，被诸部族拥戴，尊为"天子"。

洞天问道图　明·戴进　　　　轩辕问道图　明·石锐

黄帝问道广成子

广成子，古代传说中的仙人，黄帝（轩辕氏）曾向他请教过最精深微妙道理（道术）的精要之所在。事见晋代葛洪《神仙传》卷一中所记：

广成子者，古之仙人也，居崆峒之山，石室之中。黄帝闻而造焉。曰："敢问至道之要?"……广成子答曰："至道之精，杳杳冥冥，无视无听……无劳尔形，无摇尔精，乃可长生……我守其一，以处其和，故千二百岁而形未尝衰。"

又，葛洪《抱朴子·登涉》中还记有一事说：

广成子　清刊本《毓秀堂画传》

昔圆丘多大蛇，又生好药。黄帝将登焉，广成子教之佩雄黄，而众蛇皆去。

仓颉造字

　　仓颉（一作"苍颉"）是传说中上古时代黄帝的史官（司马迁《史记》据《世本》）。他长着四只眼睛（亦有说他的眼能观察四方），通于神灵。他仰观主宰文章的西方奎宿星圆转曲回的势态，俯察龟纹鸟迹的形象和踪痕，知道各种物象的纹理是相互别异的，于是就博采众美，合而为字。仓颉最早创造的文字，史书上称之为"古文"。传说秦代李斯曾见到过仓颉所书的28个字，但仅识"上天作命，皇辟迭王"8字。其字载于宋代编成的《淳化阁帖》卷上。

　　唐代张怀瓘则从书法层面论说了仓颉造字之事。《书断上》说：

　　颉首四目，通过神明。仰观奎星圆曲之势，俯察龟文鸟迹之象，博采众美，合而为字。

仓颉画像　明刊本《历代古人像赞》

"博采众美，合而为字"，就是广泛汲取各种事物之美，综合创制而成文字。"博采众美"，说明每一个汉字都是审美的产物，因而也就成了汉字书写艺术产生的根本原因和重要的审美准则。

大禹治水

禹乃以息土填洪水，以为名山。（高诱注："息土，不耗减，掘之益多，故以填洪水。"）

——《淮南子·地形训》

舜之时，共工振滔洪水，以薄空桑。龙门未开，吕梁未发，江淮通流，四海溟涬。民皆上丘陵，赴树木。舜乃使禹疏三江五湖，辟伊、阙，导廛、涧，平通沟陆，流注东海。鸿水漏，九州干，万民皆宁其性，是以称尧、舜以为圣。

——《淮南子·本经训》

大禹石刻像（汉画像石）
山东嘉祥武氏祠

大禹乘应龙治水图
清·萧云从《离骚图》

奇肱国
《山海经广注》
(清乾隆年间金阊书业堂刻本)

奇肱国（两则）

　　奇肱之国，……其人一臂三目，有阴有阳，乘文马。有鸟焉，两头，赤黄色，在其旁。

　　　　　　　　——《山海经·海外西经》

　　奇肱民善为机巧，以杀百禽。能为飞车，从风远行。汤时西风至，吹其车至豫州。汤破其车，不以视（示）民。十年东风至，乃复作车遣返，而其国去玉门关四万里。

　　　　　　　　——《博物志》卷二《外国》

3. 英雄神话

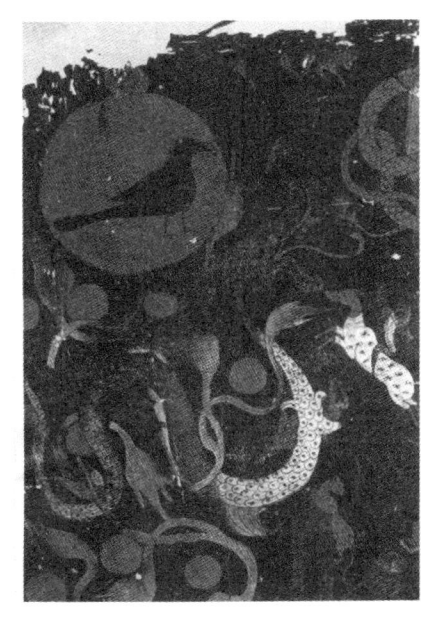

十日并出图　西汉T型帛画（局部）
湖南长沙马王堆汉墓出土

羿射日图（汉画像石刻）
河南南阳出土

羿射九日

传说太古之时,有十个太阳住在东方汤谷的扶桑树枝上。十个太阳轮流,每天黎明,由一只三脚乌鸦背着飞过天空,白昼从此开始。但是,在尧时,十日并出,大地干旱,草木焦枯,民无以为食。尧命以善射箭著名的羿弯弓仰射十日,中其九日,日中九只乌鸦皆死;留其一日。从此天道恢复正常。

"彃乌解羽",说的也是羿射九日的事。彃(bì),射。解羽,羽翼散落堕地。(见屈原《天问》《淮南子·本经训》《山海经·海外东经》等)

彃乌解羽图
清·萧云从《离骚图》

附早期记叙两则:

逮至尧之时,十日并出,焦禾稼,杀草木,而民无所食。猰貐、凿齿、九婴、大风、封豨、修蛇,皆为民害。尧乃使羿诛凿齿于畴华之野,杀九婴于凶水之上,缴大风于青丘之泽,上射十日而下杀猰貐,断修蛇于洞庭,禽封豨于桑林。万民皆喜,置尧以为天子。于是天下广狭、险易、远近始有道里。
　　　　　　　　　　　　——《淮南子·本经训》

汤谷上有扶桑,十日所浴,在黑齿北。居水中,有大木,九日居下枝,一日居上枝。　　　——《山海经·海外东经》

夸父逐日

夸父与日逐走,入日。渴欲得饮,饮于河、渭;河、渭不足,北饮大泽。未至,道渴而死。弃其杖,化为邓林。
　　　　　　　　　　　　——《山海经·海外北经》

夸父,神兽也。饮河、渭不足,将饮西海,未至,道渴死。见《山海经》。
　　　　　　　　——《淮南子·地形训》高诱注

夸父不量力,欲追日影,逐之于隅谷之际。渴,欲得饮,赴饮河、渭；河、渭不足，将走北饮大泽。未至，道渴而死。弃其杖，尸膏肉所浸，生邓林。邓林弥广数千里焉。

——《列子·汤问篇》

《夸父逐日图》
明刊本《山海经》插图

刑天舞干戚

刑天与帝争神，帝断其首，葬之常羊之山。乃以乳为目，以脐为口，操干戚以舞。

——《山海经·海外西经》

刑天图　明刊本《山海经释义》

精卫填海

发鸠之山，其上多柘木。有鸟焉，其状如乌，文首、白喙、赤足，名曰"精卫"，其鸣自詨。是炎帝之少女，名曰"女娃"。女娃游于东海，溺而不返，故为精卫，常衔西山之木石，以堙于东海。
——《山海经·北山经》

精卫　清刊本《山海经存》

精卫　现代·佚名

4. 传奇神话及其他

嫦娥奔月图　西汉T型帛画（局部）　湖南长沙马王堆一号汉墓出土

嫦娥奔月图（汉画像石）　河南南阳出土

嫦娥奔月

羿请不死之药于西王母，姮娥窃以奔月（高诱注：姮娥，羿妻，羿请不死之药于西王母，未及服之，姮娥盗食之，得仙，奔入月中，为月精）。

——《淮南子·览冥训》

月者，阴精之宗，积而成兽，象兔蛤焉。阴之类，其数偶，其后有冯焉者。羿请不死之药于西王母，姮娥窃之以奔月，……姮娥遂托身于月，是为蟾蜍。

——《独异志》卷上

娥皇女英图　清·吴友如

娥皇与女英

娥皇、女英传说是尧帝的长女和次女，同嫁给舜帝为妻。舜南巡，死于苍梧之野，葬于九嶷山（在今湖南永州市宁远县内）。娥皇、女英寻到湘江，知舜死，望九嶷山；痛哭，泪洒竹上，竹纹尽斑，世称斑竹，也叫湘妃竹。

娥皇、女英也就是屈原《九歌》中祭唱的湘君、湘夫人。

牛郎织女鹊桥会

中国民间家喻户晓的牛郎织女的故事，雏形最早见于《诗经》的描述。

《诗·小雅·大东》："维天有汉，监亦有光。跂彼织女，终日七襄。虽则七襄，不成报章。睆彼牵牛，不以服箱。"

牛郎织女图
高句丽（魏晋时期）的壁画

牛郎织女图
清·吴友如

牛郎织女一年一度相会的故事，其大致轮廓则见于南朝梁时殷芸的《小说》一书。此书于明初尚存，惜后散佚。现可在明代冯应京《月令广义·七月令》的引录中读到：

"天河之东有织女，天帝之子也。年年机杼劳役，织成云锦天衣，容貌不暇整。帝怜其独处，许嫁河西牵牛郎，嫁后遂废织纴。天帝怒，责令归河东，但使一年一度相会。"

吹箫引凤

吹箫引凤图
明·仇英《人物故事图》（之三）

弄玉引凤图
现代·常树雄

萧史与弄玉图
民国刊本《中国文艺辞典》插图

秦穆公时，萧史善吹箫，似凤凰鸣叫之声，能使孔雀、白鹤舞于庭中。秦穆公的小女弄玉很是高兴，便爱上了萧史，向他学吹箫作凤鸣。穆公将弄玉嫁给萧史为妻，并筑凤台让两人居住。两人吹箫似凤声，引来凤凰栖于屋上。数年之后的一天，弄玉乘凤、萧史乘龙，双双升天为仙去了。

汉代刘向《列仙传》中是这样说的：

萧史者，秦穆公（？—前621）时人也。善吹箫，能致孔雀、白鹤于庭。穆公有女，字弄玉，好之，公遂以女妻焉。日教弄玉作凤鸣，居数年，吹似凤声，凤凰来止其屋。公为作凤台，夫妇止其上。不下数年，一旦，皆随凤凰飞去。

王子乔吹笙引凤

王子乔，周灵王太子晋，所以又称王子晋或王乔，善吹笙，作凤凰声，引来似凤凰的大鸟。王子乔曾游于伊、洛（今河南省）间，学道于嵩山，后吹笙乘鹤，成仙而去。（见汉代刘向《列仙传》等）

吹笙引凤图
唐代铜镜纹饰
（洛阳博物馆藏）

琴高乘鲤

汉·刘向

琴高者，赵人也。以鼓琴为宋康王舍人。行涓、彭之术，浮游冀州、涿郡之间二百余年。后辞入涿水中取龙子。与诸弟子期曰："皆洁斋待，于水旁设祠。"果乘赤鲤来，出坐祠中。旦有万人观之。留一月，复入水去。

——《列仙传·琴高乘鲤》

"琴高乘鲤"事讲的是先秦时期著名琴师琴高乘鲤归仙的故事。

琴高是东周末年赵地人，名高，因善鼓琴，人称琴高。宋康王赏识他的人品和琴艺，召为舍人（亲近国君左右的官）。

古代传说有长寿仙人涓子、彭祖。为求得长寿成仙，琴高亦行涓、彭之术，服苍术、行导引、采药炼丹，往来漫游于冀州、涿郡之间两百余年。

后来，琴高对众弟子说，他将入涿水取龙子，并于某日返回；令众弟子于当日沐浴斋戒，设祠于水旁等候。果

琴高明刊本《列仙全传》插图

然，到了约定的那一天，琴高乘红色鲤鱼出涿水归来，上岸后坐于祠中。第二天，即有万人前来观拜。留坐一个多月后，琴高又乘鲤鱼返回涿水，从此不再复出。

《列仙传》二卷，记古之仙人七十一人，旧题汉代刘向撰。多有研究者认为或为魏晋间方士所写，托名刘向。书中所记赤松、王乔、琴高、师门、啸父等，亦可作神话故事看待。

琴高乘鲤图　明·李在　　　东方朔画像　明·唐寅

《琴高乘鲤图》是明初画家李在的杰作，画的是琴高乘鲤回归涿水，弟子们长揖相送的情景。长风呼啸、烟涛翻涌，都有力地烘托了师徒依依惜别时的激动与不舍。

东方朔（约前161—前93），汉武帝时人，以诙谐滑稽著称，后人传其异事颇多。《汉武故事》等书就记载，王母种桃，三千年一结果，东方朔曾三次偷之。

《神界天、地、人图》（汉墓 T 型帛画）

  1972 年至 1974 年，湖南长沙马王堆西汉一号汉墓出土的 T 型帛画，融诸多神话人物、鸟兽、景观于一图，内容十分丰富。全图从上到下，分为天界、人界、地界三段。上段顶端正中画一人首蛇身像，即为张目能照耀天下的主宰神女娲，两侧各有五只神鸟（仙鹤）和一条张口吐舌的应龙。右上角是一轮红日，里面画着太阳神金乌。红日下面是翼龙、扶桑树，树枝间有八个表示小太阳的红圆点，是传说中十日并出的天象。左上角画着弯月、蟾蜍和玉兔，弯月为一女子乘龙仰身擎托，是为嫦娥奔月的情景。人首蛇身像下，有骑兽怪物和悬铎；铎下是象征天门的双阙，阙顶各有一神豹攀腾其上，门内有两个守门人拱手对坐。

  中段画人间世界。中心是两条穿壁相环的巨龙，抬着升天的墓主人（老年贵妇）。华盖下是风伯飞廉。

  下段画地界景象。主体为一裸体力士，双手擎举象征大地的平板。力士站在两条交错的大鱼背上，周围分别画着长蛇、大龟、鸱鸮等。这个力士就是水神禺疆，也有认为是传说治水的鲧。

T 型帛画　　湖南长沙马王堆一号汉墓出土

二、《诗经》和楚辞

1.《诗经·豳风·七月》等诗书画图

《诗经》是我国第一部诗歌总集。共三百零五篇,另有六篇有目无辞。产生于西周初年至春秋中期的五百多年间。成书过程主要有王官采诗和孔子删诗之说。全部可以合乐,按音乐不同,分为风、雅、颂三类。风诗分十五国风,大部分出自民间,是《诗经》的精华。

"雅"分为大雅、小雅,是周代贵族所作的乐章。"颂"是用于宗庙祭祖而兼有舞容的乐歌。

《诗经·豳风·七月》是一首农事诗,按节令叙述农人(奴隶、农奴)全年劳动和生活的情景。是《诗经》名篇,也是《诗经》中最受书画家关注的诗篇。

《诗经》摹本(汉简)
安徽阜阳双古堆

恭题豳风图后

明·宋濂

臣濂侍经于青宫者十有余年,凡所藏图书,颇获见之。中有赵魏公孟頫所画《豳风》,前书《七月》之诗,而以图继其后。皇太子览而善之,谓图乃方帙,恐其开合之繁,当中折处丹青易致损坏,命工装褫作卷轴,以传悠久。屡下令,俾臣题其末。

臣闻之,《七月》一诗,《序》者谓周公陈王业,以告成王,故备志稼穑之艰难。自"于耜"而"举趾",自"播谷"而"涤场",以至"上入执宫功",莫不纤悉备具,而妇女织绩之勤继焉。呜呼,国以民为本也,而民之至苦莫甚于农,有国家者,宜思悯之、安之。宋之儒臣真德秀有见于斯,尝请于朝,欲绘农夫妇女劳勚之状,揭之宫掖,布之咸里,使六宫嫔御、外家近属,知衣食之所自来。盛矣,其用心也!

恭惟皇太子殿下天赋懿德，仁孝温文，而尤留意于农事。每于禁中艺植麦禾，以观其成，则其悯小民勤劳，固不待周公之告而后知。然而此心易发而难持。自古贤君，恒存敬畏，至以"朽索驭六马"譬之。愿殿下之心，朝夕如览图时，则四海乂安，无一夫而不被其泽，盛德大业，必将度越成王无疑矣。臣年虽耄，日切望之。因推德秀之意，备书篇中，以竭犬马之诚云。洪武九年冬十一月壬午，具官臣宋濂谨记。

《豳风·七月》诗书帖　清·张照

毛诗图　明·周臣

豳风图·八月剥枣　清·吴求　　　豳风图·缝衣　清·吴求

豳诗七月图（之一）
清刊本《名数画谱》

豳诗七月图（之二）
清刊本《名数画谱》

二、《诗经》和楚辞

豳诗七月图（之三）
清刊本《名数画谱》

豳诗七月图（之四）
清刊本《名数画谱》

周元戎图
宋嘉定年间刻本《纂图互注毛诗》

秦小戎图
宋刻本《监本纂图互注点校毛诗》

2. 南宋马和之画《诗经》图

马和之（生卒年不详），钱塘（今浙江杭州）人，南宋画院画家。传世作品有《豳风图》《唐风图》等。

高宗、孝宗时，朝廷极重经学，尤其重视毛诗，曾多次令马和之为毛诗三百篇作图。据载宋高宗曾经每年写一章毛诗，就令马和之在诗后画一幅图。从《南宋院画录》著录马和之的作品来看，他的大部分作品都是应诏之作，并多以经书故事为题材。

马和之《豳风图》有七段，分别是：七月、鸱鸮、东山、破斧、伐柯、九罭、狼跋。

豳风图·七月（局部）　南宋·马和之

豳风图·狼跋（局部）　南宋·马和之

唐风图·羔裘　南宋·马和之

唐风图·无衣　南宋·马和之

《小雅·鹿鸣之什·鹿鸣》诗意图
南宋·马和之

　　呦呦鹿鸣，食野之苹。我有嘉宾，鼓瑟吹笙……鼓瑟鼓琴，和乐且湛。我有旨酒，以燕乐嘉宾之心。

——《诗经·小雅·鹿鸣》

《小雅·鹿鸣之什·伐木》诗意图　　《小雅·鹿鸣之什·天保》诗意图
南宋·马和之　　　　　　　　　　　南宋·马和之

《小雅·鹿鸣之什·采薇》诗意图
南宋·马和之

《小雅·鹿鸣之什·出车》诗意图
南宋·马和之

《周颂·清庙之什·清庙》诗意图
南宋·马和之

《周颂·清庙之什·思文》诗意图
南宋·马和之

二、《诗经》和楚辞

3. 屈原图像和《离骚》书画图

  屈原（约前340？—前278？），名平，传说为楚国秭归（今属湖北）人。曾任楚怀王左徒，因遭谗而被疏远、放逐。秦灭楚后，遂投汨罗江而死。东汉王逸《楚辞章句》标明屈原的作品共二十六篇，有四篇不确。

  屈原是我国最早的伟大爱国诗人，代表作《离骚》叙写了诗人的生平、理想和遭遇，长达 373 句，是我国文学史上最杰出的抒情长诗之一。

  明代萧云从绘《离骚图》，清代门应兆奉命补绘九十一图，共一百五十五图。

屈原画像　元·赵孟𫖯画　清代《名家画稿》摹绘

屈原画像　元·张渥《九歌图》卷首

屈原画像　明·朱约佸

明代陈洪绶19岁时为萧山来钦之所著的《楚辞述注》作插图，依《九歌》篇名共画11幅。最后增绘《屈子行吟图》一帧，置于卷首。《屈子行吟图》线条简约劲健、背景疏朗开阔、气氛肃穆悲壮，行吟泽畔的屈原充满忧愤焦虑之情。画家凭想象为屈原作的造型，由于后来《九歌图》的雕版刊行，使屈原的形象在人们心目中定型化，成为后世塑造屈原形象的最早依据。

屈子行吟图　明·陈洪绶

屈原画像
明刊本《历代人物像赞》

屈大夫清风图
清·郑燮

屈原在诗中多以兰蕙表达自己的高洁，清代画家郑燮以善画兰竹著称。这幅《屈大夫清风图》就是相距一千多年的诗人与画家高尚品格的共同写照。

《离骚》诗书帖
明·祝允明

离骚图（选二） 明·萧云从

离骚图（选一） 清·门应兆

前望舒使先驱兮，后飞廉使奔属。
鸾皇为余先戒兮，雷师告余以未具。
　　　　　　——《离骚》

饮酒读《离骚》图　明·陈洪绶

4.《九歌》书画图

　　《九歌》，组诗总题，是屈原根据楚国民间流行的祭神乐歌加工而成的祭神乐歌。九，言其多，并非实数。《九歌》十一篇，前九篇各主祭一神，以神名为篇名，分别是《东皇太一》《云中君》《湘君》《湘夫人》《大司命》《少司命》《东君》《河伯》和《山鬼》。第10篇《国殇》是追悼楚国阵亡将士的挽歌；第11篇《礼魂》，是送神之曲，为各篇所通用。

九歌书帖（石刻）　唐·欧阳询

九歌·国殇书帖　明·文徵明

九歌图·湘夫人　元·赵孟頫

九歌图山鬼　元·赵孟頫

湘君湘夫人图　明·文徵明

东皇太一图　明·萧云从　　东君图　明·萧云从

湘君湘夫人图　明·萧云从　　礼魂图　明·萧云从

二、《诗经》和楚辞

5. 元代张渥《九歌图》

《九歌》无疑是历代书画家关注的重要诗作。存世的众多《九歌图》中，当以元代张渥和明代陈洪绶的画作最有代表性。

张渥《九歌图》，据传出自北宋李公麟的手笔。但作为摹本，张渥在技法上也有创造，具有他的人物画的风格特征。

九歌图·东皇太一

九歌图·云中君

九歌图·湘君

九歌图·湘夫人

九歌图·大司命

九歌图·少司命

九歌图·河伯

九歌图·国殇

二、《诗经》和楚辞

6. 明代陈洪绶《九歌图》

　　明万历四十四年（1616）冬天，陈洪绶回到萧山，在松石居与来凤季共学《离骚》。来凤季抚琴作楚声，陈洪绶作《九歌》人物图十一幅，又画《屈子行吟图》一幅，仅两天时间画就。崇祯十一年（1638），来钦之（陈洪绶的亲家兼朋友）的《楚辞述注》付梓时，《九歌图》被作为该书的插图付诸木刻，成书后对后世影响极大。

　　屈原《九歌》十一章，陈洪绶按一人一图形式，画人物绣像十一幅。画面中，人像较小，四周空白较多，空灵幽深，与原作诗情氛围相吻合。

屈子行吟图　　　　　　　　　　九歌图·东皇太一

九歌图·云中君  九歌图·湘君

九歌图·湘夫人  九歌图·大司命

二、《诗经》和楚辞

九歌图·少司命 　　　　　　　　　九歌图·东君

九歌图·河伯 　　　　　　　　　　九歌图·山鬼

7. 楚辞其他诗作诗意画

楚辞是战国时期楚地的一种诗体。屈原是最重要的代表诗人。与屈原同时或稍后的还有宋玉、景差等人。宋玉的《九辩》被誉为中国古代"悲秋文学"的鼻祖。汉代王逸有《楚辞章句》，宋代洪兴祖为之补注。

天问图之一　明·萧云从

天问图之二　明·萧云从

九章·橘颂图　清·门应兆

远游图　清·门应兆

屈原行吟泽畔遇渔父

屈原生活在战国末期的楚国，是我国历史上第一位伟大的爱国诗人。他抱负远大、才华出众，由于坚持变法修政，遭到守旧贵族和亲秦派的打击和迫害，曾两度被贬官和流放。

第二次被放逐时，屈原已是62岁的老人了。他披散着长发，脸色憔悴，形容枯槁，在汨罗江畔边行走边吟诗。"喂，您不就是三闾大夫吗？"一位正在江中捕鱼的老渔翁认出了他，关切地问道，"您怎么会落到这般地步呢？"屈原见是一位渔翁相问，也就毫无顾忌地回答道："整个世界都混浊，只有我一人清白；世上的人都酒醉心迷，只有我保持清醒，所以我被放逐到这里。"

渔翁立即劝慰道："圣明的人做事从不拘泥刻板，而是随着世道不断地变易。整个世界都混浊，您为什么不随波逐流呢？世上的人都酒醉醺醺，您为什么不跟着痛饮买醉呢？为什么要固守自己的美德以致被放逐呢？"屈原固执而又委婉地回答道："我听说刚洗过头的人一定要弹去帽子上的灰尘；刚洗过澡的人一定要抖去衣服上的尘土。高洁的人怎么能让清白的身体被世俗的尘垢所玷污呢？我宁可投入长河、葬身鱼腹，也绝不让洁白之身去蒙受世俗的尘埃。"

渔翁微笑着轻轻敲着船舷，划起船桨，悄然离去。屈原接着边走边吟，完成了《怀沙》一诗的创作，便抱起石头投入汨罗江里。

屈原与渔翁的对话，《渔父》诗中的原文是这样的："屈原曰：'举世混浊而我独清，众人皆醉而我独醒，是以见放。'渔父曰：'夫圣人者，不凝滞于物而能与世推移。举世混浊，何不随其流而扬其波；众人皆醉，何不哺其糟而啜其醨。何故怀瑾握瑜而自令见放为乎？'屈原曰：'吾闻之，新沐者必弹冠，新浴者必振衣，人又谁能以身之察察，受物之汶汶者乎！宁赴常流而葬乎江鱼腹中耳，又安能以皓皓之白而蒙世俗之温蠖（混污、尘埃）乎！'"

屈原在楚怀王时曾任三闾大夫，管理楚国王族昭、屈、景三姓贵族，所以渔翁以此称他。

明末清初画家萧云从在绘图并集校的《离骚图》中，特别画了一幅《三闾大夫卜居渔父图》置于正文之前，与陈洪绶画《屈子行吟图》置于《九歌图》十一幅之前相仿。

三闾大夫卜居渔父图
明·萧云从

屈原卜居图　清·黄应谌

招魂图　清·门应兆

大招图　清·门应兆

九辩图　清·门应兆

三、先秦散文

1. 孔子和孟子

先秦散文，是指先秦时期与韵文相对的一种文体。如关于哲学、政治、伦理等的诸子散文和记叙古代王者、大臣、诸侯国的言说、行事等的历史散文。前者如《论语》和《孟子》，《老子》和《庄子》；后者如《左传》和《战国策》等。

先介绍有关孔子和《论语》的书画图事。

孔子（前551—前479），名丘，字仲尼，鲁国陬邑（今山东曲阜）人。春秋末期思想家、政治家、教育家，儒家学派的创始人。《论语》是记录孔子及其弟子言行的语录体散文著作，由孔子门人及其再传弟子所编，大约成书于春秋末期或战国初期。

《论语》是一部优秀的语录体散文集，是中国散文发展史上的元典之一。

孔子行教图　山东阜丘石碑像

孔子画像　南宋·马远

孔子杏坛讲学图　明·吴彬

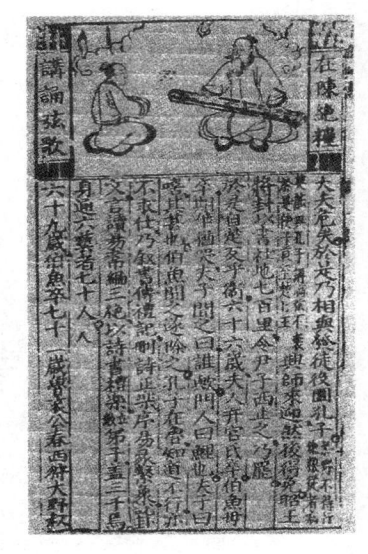

讲诵弦歌图
明刊本《孔子儒教列传》插图

不学《诗》，无以言

（孔子）尝独立，鲤趋而过庭。曰："学《诗》乎？"对曰："未也。""不学《诗》，无以言。"鲤退而学《诗》。

——《论语·季氏》

子曰："兴于《诗》，立于礼，成于乐。"

——《论语·泰伯》

子曰："小子何莫学夫诗？诗，可以兴，可以观，可以群，可以怨。迩之事父，远之事君；多识于鸟兽草木之名。"

——《论语·阳货》

孔子曾一个人立于庭中，他的儿子鲤恭敬地走过。孔子问鲤道："学《诗》没有？"鲤说："没有。"孔子说："不学诗就不会说话。"于是鲤退回便学《诗》。——《圣迹图》中的《过庭诗礼图》描绘的就是这一情景。

"不学《诗》，无以言。"表现了孔子对以《诗》（《诗经》）为代表的文学艺术社会功能的深刻认识和极端重视。其实，孔子评文说艺的精彩篇章（语段），在《论语》中多有记叙，如"兴于《诗》""诗可以兴、观、群、怨"等等。

过庭诗礼图　明刊本《圣迹图》

四子侍坐

子路、曾皙、冉有、公西华侍坐。子曰："以吾一日长乎尔，毋吾以也。居则曰：'不吾知也！'如或知尔，则何以哉？"

子路率尔而对曰："千乘之国，摄乎大国之间，加之以师旅，因之以饥馑；由也为之，比及三年，可使有勇，且知方也。"夫子哂之。

"求，尔何如？"

对曰："方六七十，如五六十，求也为之，比及三年，可使足民。如其礼乐，以俟君子。"

"赤，尔何如？"

对曰："非曰能之，愿学焉。宗庙之事，如会同、端章甫，愿为小相焉。"

"点，尔何如？"

鼓瑟希，铿尔，舍瑟而作，对曰："异乎三子者之撰。"子曰："何伤乎？亦各言其志也。"曰："莫春者，春服既成，冠者五六人，童子六七人，浴乎沂，风乎舞雩，咏而归。"夫子喟然叹曰："吾与点也！"

——《论语·先进》

四子侍坐图　明刊本《圣迹图》

在川观水

子在川上曰："逝者如斯夫，不舍昼夜！"

——《论语·子罕》

子曰："岁寒，然后知松柏之后凋也！"

——《论语·子罕》

在川观水图　明刊本《圣迹图》

退修诗书

子曰："吾自卫反鲁，然后乐正，《雅》、《颂》各得其所。"

——《论语·子罕》

古者诗三千余篇，及至孔子，去其重，取可施于礼义。上采契、后稷，中述殷周之盛，至幽厉之缺。始于衽席，故曰《关雎》之乱以为《风》始，《鹿鸣》为《小雅》始，《文王》为《大雅》始，《清庙》为《颂》始。三百五篇孔子皆弦歌之，以求合《韶》《武》《雅》《颂》之音。

——《史记·孔子世家》

孔子50岁后，周游宋、卫、陈、蔡、齐、楚等国，主张终不见用，于是从卫国回到鲁国，从此不再出游。孔子晚年除致力教育子弟外，主要是整理、修订了《诗》《书》等古代文献。所以他说他从卫国回到鲁国，才把音乐的篇章整理出来，使《雅》归《雅》、《颂》归《颂》，各有适当的位置。也就是整理鲁国保存的古乐，安排了《雅》《颂》等各类诗篇所应在的位置。《圣迹图·退修诗书》画的就是这一情景。

孔子修订、整理《诗》，使之成为流传两千多年的现行版本《诗经》，这是中国文学史上的大事，也是孔子对中国古代文学发展的重要贡献。

退修诗书图　明刊本《圣迹图》

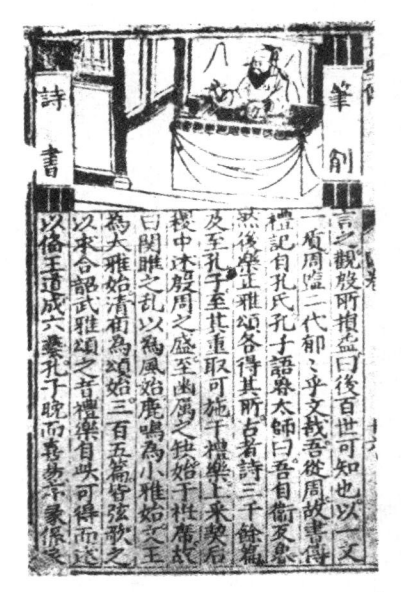

笔削诗书图　明刊本《孔子评传》

孔子见老子图　山东武梁祠汉代石刻

问礼老聃图　明刊本《圣迹图》

二子论道图　清·黄慎

三、先秦散文

孟子（约前372—前289），名轲，字子舆，邹（今山东省邹城）人。曾周游列国，终未见用，退而与弟子万章等人著《孟子》七篇。《孟子》既是儒家经典，也是先秦时期对后世颇有影响的优秀散文。

孟子画像

孟子见梁惠王（节录）

　　孟子见梁惠王。王曰："叟，不远千里而来，亦将有以利吾国乎？"
　　孟子对曰："王，何必曰利？亦有仁义而已矣。王曰：'何以利吾国？'大夫曰：'何以利吾家？'士庶人曰：'何以利吾身？'上下交征利而国危矣。万乘之国，弑其君者，必千乘之家；千乘之国，弑其君者，必百乘之家。万取千焉，千取百焉，不为不多矣。苟为后义而先利，不夺不餍。未有仁而遗其亲者也，未有义而后其君者也。王亦曰仁义而已矣，何必曰利？"

——《孟子·梁惠王上》

孟子见梁惠王图　明刊本《儒林列传》插图

2. 老子与庄子

老子,即老聃,姓李名耳,楚国苦县(今河南鹿邑)人,春秋末期思想家,道家学派创始人。大约与孔子同一时代而稍长于孔子。所著《老子》,又名《道德经》,五千余字。

庄子(约前369—约前286),名周,宋国蒙(今河南商丘)人。战国时期道家学派的代表人物,著名哲学家、文学家。《庄子》散文已脱离语录体,风格特异,在先秦散文作品中,最有文学价值。

老子画像及《老子》楷书书帖　宋末元初·赵孟頫

老子画像　明刊本《历代古人像赞》

老子写意画像　南宋·法常

老子出关，紫气东来

　　老子曾任周朝史官，管理王室图书。后见周室衰微，乃隐。老子西游至函谷关，关令尹喜望见有紫气浮关，知有异人将至，而老子果然乘青牛从东而来准备渡关。尹喜是好道之人，他对老子说："子将隐矣，强为我著书。"于是老子乃著书上下篇，言道德之意五千言而去，莫知其所终。

老子骑牛图(局部)
宋·晁补之

老子骑牛图　明·张路

三、先秦散文

紫气东来图　清·任颐

三、先秦散文

067

老子道德经图　明刻本

老子授经图　清·任颐

庄子画像

庄子逍遥游

　　北冥（即"溟"，深海）有鱼，其名为鲲；鲲之大，不知其几千里也。化而为鸟，其名为鹏。鹏之背，不知其几千里也；怒而飞，其翼若垂天之云。是鸟也，海运则将徙于南冥。南冥者，天池也。……

——《庄子·逍遥游》

北溟图　明·周臣 　　　　　老庄像　清·任熊

庄周梦蝶

　　昔者庄周梦为胡蝶，栩栩然胡蝶也，自喻适志与！不知周也。俄然觉，则蘧蘧然周也。不知周之梦为胡蝶与，胡蝶之梦为周与？周与胡蝶则必有分矣。此之谓物化。

——《庄子·齐物论》

庄周梦蝶图 元·刘贯道

庄生化蝶图 清刊本《程氏墨苑》

三、先秦散文

069

3.《左传》

　　以文学性而言，先秦史家的典籍中，当以《左传》为优。
　　《左传》是我国第一部叙事详备的编年体历史著作，相传作者是鲁国史官左丘明。起于鲁隐公元年（前722），止于鲁悼公十四年（前453），记录了春秋二百六十九年间列国的政治、外交、军事等方面的活动及有关人物的言行。其中不少章节，都具有很高的文学价值。

左丘明画像

左丘明著书图
明刊本《儒林列传》

三体石经

西晋《左传》写本

　　曹魏正始二年（241），用甲骨文、篆、隶三种书体刻《尚书》《春秋》和《左传》于石上，故称"三体石经"。

弦高劳师图　郭杰等《中国文学史话》

弦高是郑国商人。他机智的退敌故事，为后世传为美谈。其事见于《左传·僖公三十三年》所记。

晋文公复国图（局部）　南宋·李唐

《左传》写了晋公子重耳从避难到流亡十九年，历经磨难，终于复国称霸诸侯的全过程。原来是分散记叙，后世选家据僖公四年、五年、二十三年和二十四年辑为一篇——《晋公子重耳之亡》，是历代传诵的散文名篇。

李唐的《晋文公复国图》，抓住了晋文公乘车出奔、回望故国的瞬间，表现了他定要复国的决心，是画史上的名作。

晋文公　明刊本《养正图解》

四、两汉诗文

1. 刘邦、项羽和刘彻的诗

大风歌

西汉·刘邦

大风起兮云飞扬，威加海内兮归故乡。安得猛士兮守四方！

刘邦画像　清·上官周《晚笑堂画传》

刘邦击筑歌《大风》

刘邦（前256—前195）即汉高祖。

汉高祖十二年（前195）初冬，刘邦击败了起兵反叛的淮南王英布后，在得胜回朝的途中经过故乡沛县（今属江苏）时，就住了下来。

一天，刘邦在他居住的沛宫摆酒设宴，请来家乡的父老乡亲喝酒谈心，并召来经过训练的120个儿童唱歌、跳舞助兴。刘邦与故旧父老及其子弟们开怀畅饮，谈笑风生。酒酣耳热之时，刘邦更是兴致勃勃，情不自禁地亲自击筑，用楚地民歌曲调唱起了自己编的《大风歌》。三句诗，分别写他艰苦的战斗经历和创业，写他平定天下，威加海内，衣锦还乡的得意，更写他在大局初定时对治国安邦人才的呼唤。

垓下歌

秦末·项羽

力拔山兮气盖世，时不利兮骓不逝。
骓不逝兮可奈何，虞兮虞兮奈若何！

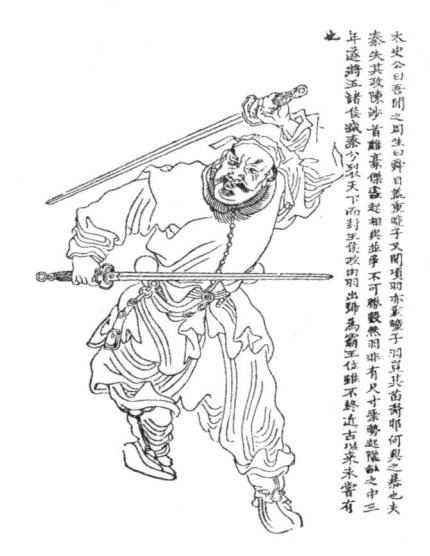

项羽诗意画像　清·上官周《晚笑堂画传》

历时五年的楚汉战争，以西楚霸王项羽（前232—前202）的最终失败结束。

汉王五年（前202）十二月，汉军将项羽的主力围困在垓下（今安徽灵璧县东南）。楚军人少食尽，项羽自知大势已去，虽不甘心但又无可奈何。项羽于军帐中拔剑起舞，即兴吟唱了这首《垓下歌》。诗的大意是说，力量大得能拔山啊，气势大得能压倒世界。然而时机不利啊，乌骓马不能上战场奔驰！乌骓马不能远驰啊，我又有什么办法呢？虞姬啊虞姬，我把你又怎么办呢？

刘彻（前156—前87），即汉武帝。能诗善赋，存诗6首。

刘彻画像

秋风辞

西汉·刘彻

秋风起兮白云飞，草木黄落兮雁南归。
兰有秀兮菊有芳，怀佳人兮不能忘。
泛楼船兮济汾河，横中流兮扬素波。
箫鼓鸣兮发棹歌。欢乐极兮哀情多，
少壮几时兮奈老何！

2．贾谊、晁错、枚乘、董仲舒、司马相如和东方朔

贾谊（前200—前168），洛阳（今属河南）人。汉初政论家、辞赋家。代表作为《过秦论》《吊屈原赋》等。

贾谊画像

晁错（前200—前154），颍川（今河南禹州）人。汉初政治家、政论家。著名政论文有《贤良文学对策》《论贵粟疏》等。

晁错曾向伏生学习《尚书》。《尚书》是我国最早的一部历史文献，也是第一部兼有记叙和论说的散文集。儒家列其为"六经"之一，所以又称《书经》。秦始皇焚书坑儒后，汉文帝求能治《尚书》者，使晁错往受济南伏生书，得28篇。《伏生授经图》中，伏生坐于方席之上，晁错正在伏案疾书。

伏生授经图
明·杜堇

枚乘（约前210—前138），字叔，淮阴人。西汉辞赋家，代表作为《七发》等。有《枚叔集》。

枚乘《七发》书帖（局部） 元·虞集

司马相如（前179—前118），字长卿，蜀郡成都（今属四川）人。西汉辞赋家。以《子虚赋》《上林赋》等著称。明人辑有《司马文园集》。

司马相如画像

董仲舒（前179—前104），广川（今河北省衡水景县）人。西汉今文经学大师、散文家。著述甚丰。

董仲舒画像　明刊本《历代古人像赞》

董仲舒上"三策"图意

董仲舒上三策图　《中国伦理学史》插图

文学史上一般认为汉代文章思想风格由纵横驰骋转而为坐而论道，即始于董仲舒《举贤良对策》三篇，这就是作为思想家的董仲舒对中国散文发展的一大影响所在。

东方朔（约前161—前93），字曼倩，平原厌次（今山东德州）人。西汉文学家。《答客难》等赋较有影响。明人辑有《东方大中集》。

东方朔画像　清·上官周《晚笑堂画传》

四、两汉诗文

3. 司马迁和《史记》

司马迁（前145—前87），字子长，夏阳（今陕西韩城）人。汉武帝时继父职任太史令，所著《史记》为我国第一部纪传体通史，又是杰出的文学作品，被鲁迅誉为"史家之绝唱，无韵之《离骚》"。其中的许多篇章，都是后世传诵的散文名篇；或是提供了著名文学故事的基本素材，成了历代书画家热衷的创作题材，如伯夷、叔齐"不食周粟"（《采薇图》）、蔺相如"完璧归赵"、荆轲刺秦王、鸿门宴和霸王别姬等。

司马迁画像

司马迁画像　清·上官周《晚笑堂画传》

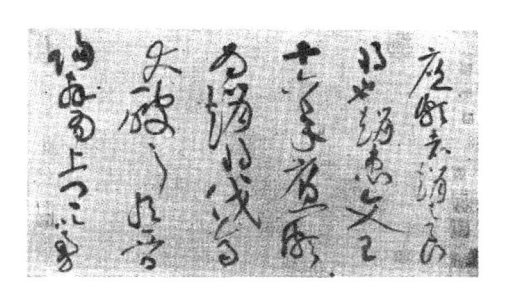

《廉颇蔺相如传》草书帖（局部）　宋·黄庭坚

《汲黯传》书帖（局部）
元·赵孟頫

《刺客列》传书帖（局部）
明·文徵明

采薇图　宋·李唐

完璧归赵图（东汉墓画像石）　四川合川出土

《完璧归赵图》中身材高大者为蔺相如手持玉璧、怒视秦王，图左为秦、赵二王作渑池之会。

完璧归赵图 清·吴历　　荆轲刺秦王图（武梁祠砖壁画） 山东嘉祥出土

鸿门宴图（西汉墓室壁画） 河南洛阳城西出土

鸿门宴图（东汉墓室壁画） 江苏高淳固城出土

西楚霸王项羽画像 清·金史《无双谱》

四、两汉诗文

4. 刘向、扬雄、王充、班固和梁鸿

刘向（前77—前6），沛县（今属江苏）人。西汉学者、文学家，有辞赋33篇。所编撰的著述中，也有一些流传久远的故事，如"孟母教子"（《列女传》）、"叶公好龙"（《新序》）、"雍门子周说孟尝君"（《说苑》）等。

《列女传》专门记叙有通才卓识、奇节异行的女子的事迹。有些内容常被后世称引，成为传诵甚广的文学故事和小说素材，也是画家关注的画题，如孟母三迁等。

刘向画像

东晋画家顾恺之据《古列女传·仁智传》创作了《列女仁智图》组画，共画49人，分为15节。人物旁注姓名和故事梗概。现仅存7节28人。

孟母教子图（《列女传》故事画）　宋·佚名

孟母断机教子图　　　　婕妤挡熊图
（《列女传》故事画）　（《列女传》故事画）
　　清·康涛　　　　　　　清·金廷标

列女传图（局部）　东晋·顾恺之

四、两汉诗文

扬雄（前53—18），字子云，蜀郡成都（今属四川）人。西汉辞赋家、学者。明人辑有《扬侍郎集》。

扬雄画像

王充（27—97），字仲任，会稽上虞（今属浙江）人。东汉思想家、哲学家、文学理论家。存文84篇，总称《论衡》。

王充画像　清·任熊

班固（32—92），字孟坚，扶风安陵（今陕西咸阳东北）人。东汉史学家、辞赋作家。所著《汉书》，是我国第一部纪传体断代史，其文学价值主要在人物传记故事方面，有许多为后世传诵的名篇，成为文艺创作的流行题材，如《苏武传》中所记叙的苏武牧羊等。

班固画像
清·上官周《晚笑堂画传》

苏武画像　清·上官周《晚笑堂画传》

《汉书》卷五十四《苏建传》后附的《苏武传》，记叙了苏武不为威胁、利诱所屈的一生大节，并做了热情的歌颂和赞美，是中国古代传记文学的名篇。苏武牧羊的故事更是广为流传，成为各种文艺创作的流行题材。

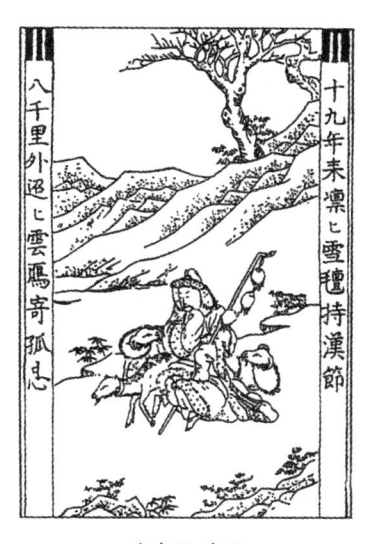

苏武牧羊图

苏武牧羊图　清·黄慎　　　　苏武牧羊图　清·任颐

苏武牧羊图　近代·王震

五噫歌

东汉·梁鸿

陟彼北芒兮，噫！
顾览帝京兮，噫！
宫室崔嵬兮，噫！
人之劬劳兮，噫！
辽辽未央兮，噫！

诗的大意是说，攀登上北芒山，环顾京城洛阳，宫廷的楼房高大又华丽。而老百姓的劳苦啊，可是辽远长久而没有尽头！

举案齐眉图　明·陈洪绶《博古叶子》

梁鸿因诗避难　梁鸿妻举案齐眉

梁鸿是东汉初年的文学家，惜仅存诗3首。

梁鸿少时家境贫寒，但他非常勤奋好学。后来他在洛阳太学（设在京城的全国最高学府）学习时，还要到专门供皇帝游乐的上林苑中牧猪以养活自己。学业完成后，他虽然博学多才，却不愿在污浊的社会里为官，就回到了家乡扶风平陵（今陕西咸阳西北）。梁鸿与妻子孟光在霸陵山中隐居，男耕女织、读书作诗，倒也自得其乐。人称"高士"。

梁鸿的《五噫歌》，是首讽刺皇室奢靡、为老百姓说话的诗。后传进了皇宫，汉章帝非常恼火，要派人去捉拿梁鸿。梁鸿得知消息后就改变姓名，与孟光一同东逃到齐鲁（今山东）。后来又到吴地（今苏州一带），住在人家堂下的屋子里，为人做舂米的佣工。梁鸿为人厚道，有节操，很受妻子敬重。每天放工回家，孟光给他送饭时，总是恭敬地把端饭的盘子举得跟自己的眉额一样高，以表示对梁鸿的敬重。这就是后世"举案齐眉"这一成语的来源。现多用来表示夫妻的互相敬重。

举案齐眉图　清·任熏

5. 汉乐府诗和《古诗十九首》

乐府本是官署的名称，后来才把乐府采录来的诗叫作乐府或乐府诗。两汉乐府民歌，以宋代郭茂倩编的《乐府诗集》收罗最为完备。

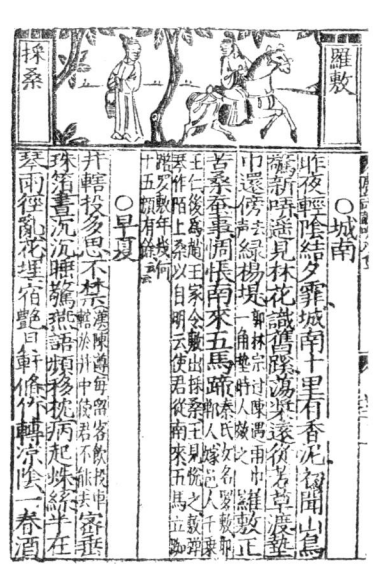

罗敷采桑图　明刊本《唐诗鼓吹》

采桑图　明·沈十鲤

采桑女夸夫拒使君

汉乐府诗中的《陌上桑》，写了一个叫秦罗敷的采桑女夸夫拒使君的故事。

大约在东汉时期，民间有一个名叫罗敷的年轻女子，既聪明美丽又善良正派，十分逗人喜爱。据说，只要她外出，赶路的人都要停下匆匆的脚步：肩挑手提的人歇肩停担，用手捋着胡须；犁田耕地的人也会放下犁耙，撂下锄头；年轻的小伙子更是会脱下帽子，露出漂亮的束发头巾，想引起罗敷的注意。等到他们天黑回家，受到家人的埋怨时，他们心中都会苦笑道：这都是因为看罗敷啊！

罗敷以采桑养蚕为业。春二三月的一个艳阳天，她与女伴们相约着去采桑。罗敷头上盘着高高的发髻，耳下坠着晶莹的明月珠，身着紫色短袄，下穿鹅黄色的丝织长裙，显得特别光彩照人。所以，一位州郡长官路过桑树林边时，首先就把目光投向了罗敷。他先是派人询问她是谁家的女子。"秦氏有妇女，自名为罗敷。"她大大方方地回答道。接着又问她多大年纪。"二十尚不足，十五颇有余。"罗敷故意含糊其词，她已感到对方的不怀好意。果然，使君亲自来到罗敷的面前，问她愿不愿意坐上华丽的马车，一同回到太守府上去。

"太守啊，您怎么这样地不聪明呢？您府上已有了夫人，我家中也早有了丈夫。"罗敷立即回答道。并接着连连夸说自己的丈夫：他在东边做官，统率着几千人的部队；骑的青丝白马，套着镀金的笼头；腰佩鹿卢宝剑，价值千万有余；他十五岁做小吏，二十岁升为朝中大夫，三十岁当了皇帝亲信的侍中郎，四十岁为太守；他仪表堂堂，才貌出众，凡是知道他的人，谁不夸说他地位显赫，气派非凡。……

罗敷的夸夫，实际上是对使君的无情嘲讽。在一串银铃般的哄笑声中，自讨没趣的使君只好灰溜溜地离开了桑树林。

"日出东南隅，照我秦氏楼。秦氏有好女，自名为罗敷。"这就是著名的汉乐府诗《陌上桑》的开头四句。

《古诗十九首》，大多是东汉佚名诗人所作。南朝梁萧统编的《文选》，将这十九首五言诗合为一组，题作《古诗十九首》。

《古诗十九首》草书书帖（局部） 明·陈道复书

五、魏晋南北朝诗文

1. 曹操、曹丕和曹植《洛神赋》书画

曹操（155—220），字孟德，小名阿瞒，沛国谯（今安徽亳州）人。东汉末年的政治家、军事家和诗人。诗风苍劲雄浑，四言诗成就尤其突出。今人辑有《曹操集》。

曹操画像
明刊本《历代古人像赞》

观沧海

三国魏·曹操

东临碣石，以观沧海。
水何澹澹，山岛竦峙。
树木丛生，百草丰茂。
秋风萧瑟，洪波涌起。
日月之行，若出其中；
星汉灿烂，若出其里。
幸甚至哉，歌以咏志。

曹操《观沧海》诗意画

曹操《观沧海》诗行书帖　清·郑燮

郑燮以分隶掺入行楷，又时以兰竹画笔出之，书体介于隶楷之间，而隶多于楷，故称"六分半体"。各种书体参差运用、纵横错落，整体章法如乱石铺成的街路，所以又称"乱石铺街体"。

《行书曹操诗轴》中书写曹操《观沧海》诗的部分是郑燮"六分半"体势创新的代表作。平均每字有10平方厘米以上，所以幅面较大。字形大大小小、正正斜斜，扁长巧拙相间，然而上下呼应、左右顾盼、疏密错落、浑然天成，充满了灵魂之趣。

短歌行

　　对酒当歌，人生几何？譬如朝露，去日苦多。慨当以慷，忧思难忘。何以解忧，唯有杜康。青青子衿，悠悠我心。但为君故，沉吟至今。呦呦鹿鸣，食野之苹。我有嘉宾，鼓瑟吹笙。明明如月，何时可掇？忧从中来，不可断绝。越陌度阡，枉用相存。契阔谈䜩，心念旧恩。月明星稀，乌鹊南飞。绕树三匝，何枝可依？山不厌高，海不厌深。周公吐哺，天下归心。

宴长江曹操赋诗图

曹操"横槊赋诗",吟诵的就是这首《短歌行》。

曹丕画像　唐·阎立本《历代帝王图》

曹丕（187—226），字子桓，沛国谯（今安徽亳州）人。曹操次子，即魏文帝。三国时期文学家、文学批评家，善诗赋，其《典论·论文》是我国最早的文学批评专著。

　　曹植（192—232），字子建，沛国谯（今安徽亳州）人。曹操第三子。三国时期文学家，诗歌、辞赋、散文俱佳。《洛神赋》是他的代表作。今人有《曹植集校注》。

　　《洛神赋》写曹植从京师返回封地，途经洛水时，与洛水之女神相遇、相爱和相离的经过。

　　洛神，洛水女神，即洛嫔，又称宓妃，传说为伏羲之女，溺死洛水后为神。《洛神赋》熔铸神话题材，通过奇幻的想象描写了一个神人真挚相恋，却最终无从结合而哀怨分离的爱情故事。《洛神赋》着力描写了美丽超凡、纯洁多情的洛神宓妃，是古代抒情小赋中的名篇。

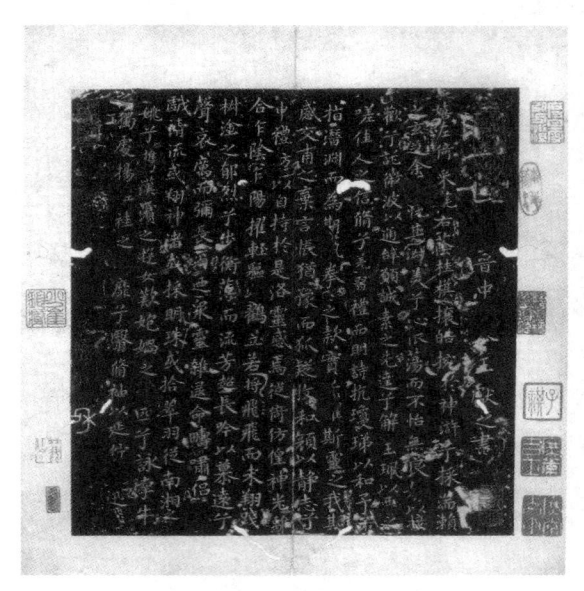

洛神赋十三行　东晋·王献之

　　《洛神赋》也是历代众多书画家关注的创作主题，早在东晋就有顾恺之作图、王献之书帖。

　　《洛神赋十三行》为王献之小楷名帖。真迹传至宋代，仅存十三行，故又简称《十三行》。宋元时有两种墨迹流传，一为晋麻笺本，贾似道以碧玉刻版，世称《玉版十三行》；二为有柳公权等跋语的唐人硬黄纸本,大约为柳公权所临。两种墨迹俱已失传,石刻传本当以晋麻笺本(即《玉版十三行》)为精。

洛神赋小楷书帖(局部)　元·赵孟頫

曹植洛神赋图(局部)　东晋·顾恺之

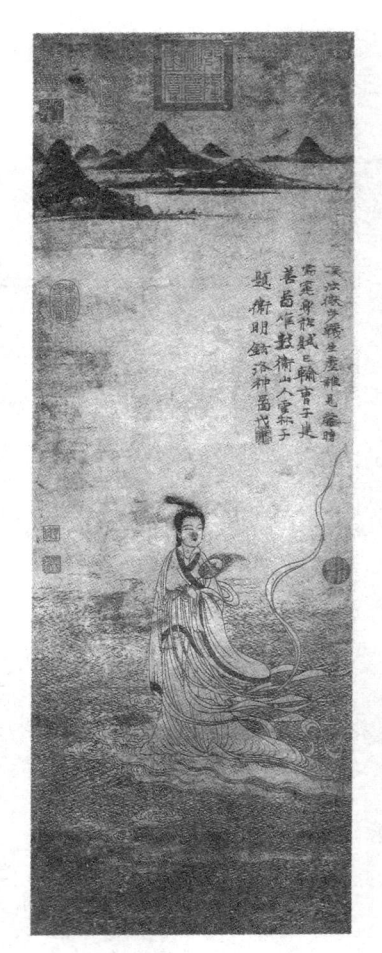

曹植洛神图　元·卫九鼎

洛神图　明·丁云鹏

洛神图 清·任熊

2. 诸葛亮和《出师表》书画

诸葛亮（181—234），字孔明，琅琊阳都（今山东沂南）人。三国蜀政治家、军事家。明人辑有《诸葛亮集》。代表作《出师表》（有前、后两表）最为人称道。

诸葛亮画像　明刊本《历代古人像赞》

南宋爱国将领岳飞（1103—1142）亦工行草书，绝类颜真卿。世传所书《出师表》，气势雄伟、笔力坚强、似其为人。岳飞在《出师表序》中说，他是"挥涕走笔"书此表的。挥涕，即挥泪；走笔，行笔疾速。

宋高宗绍兴戊午年（1138）秋八月，岳飞路过南阳（今属河南），特别去拜谒了供奉诸葛亮的武乡侯祠。夜半，岳飞拿着蜡烛，观看了立于祠前的前、后《出师表》石刻。他感慨万千，不知不觉中泪如雨下，当天夜里竟然不能入睡，坐着等到天亮。盥洗后，道士献茶，并拿出纸笔来请岳飞题字。岳飞也不推辞，更挥泪行笔，写下了昨晚看到的诸葛亮的《出师表》。他在《序》中说道："不计工拙，稍舒胸中抑郁耳！"也就是说书写不计较字的好坏，只是借此稍稍抒发一下胸中的郁闷罢了。

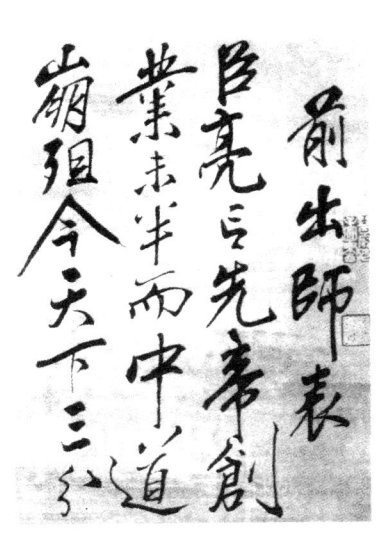

《前出师表》行书帖　南宋·岳飞

出师表

先帝创业未半而中道崩殂，今天下三分，益州疲敝，此诚危急存亡之秋也。然侍卫之臣不懈于内，忠志之士忘身于外者，盖追先帝之殊遇，欲报之于陛下也。诚宜开张圣听，以光先帝遗德，恢弘志士之气，不宜妄自菲薄，引喻失义，以塞忠谏之路也。宫中府中，俱为一体，陟罚臧否，不宜异同。若有作奸犯科及为忠善者，宜付有司论其刑赏，以昭陛下平明之治，不宜偏私，使内外异法也。侍中侍郎郭攸之、费祎、董允等，此皆良实，志虑忠纯，

《出师表》小楷书帖　明·祝允明

《出师表》楷书帖　明·文徵明

诸葛武侯高卧图　明·朱瞻基（明宣宗）

　　臣本布衣，躬耕于南阳，苟全性命于乱世，不求闻达于诸侯。先帝不以臣卑鄙，猥自枉屈，三顾臣于草庐之中，咨臣以当世之事，由是感激，遂许先帝以驱驰。

——《出师表》

三顾茅庐图

孔明出山图

3. 建安七子王粲等和竹林七贤嵇康、阮籍等

建安七子指汉末建安时期的七个作家，他们是孔融、陈琳、王粲、徐干、阮瑀、应场和刘桢。

建安七子图

王粲（177—217），字仲宣，山阳高平（今山东济宁微山）人。汉末文学家，"建安七子"之一。代表作有《七哀诗·西京乱无象》《登楼赋》等。

王粲登楼图　元·郑光祖杂剧《醉思乡王粲登楼》插图

竹林七贤指魏晋名士嵇康、阮籍、山涛、王戎、向秀、刘伶和阮咸七人。其中嵇康、阮籍最有文学成就，较有影响。

竹林七贤与荣启期图（南朝古墓砖画）　江苏丹阳出土

竹林七贤图卷（局部）　明·杜堇

竹林之游图　　　　　　　　竹林七贤图
明刊本《酣酣斋酒牌》　　　清刊本《程氏墨苑》

　　阮籍（210—263），字嗣宗，陈留尉氏（今属河南）人。三国魏文学家，"竹林七贤"之一。

　　嵇康（224—263），字叔夜，谯国铚县（今安徽濉溪）人。三国魏文学家，"竹林七贤"之一。

晋中散大夫嵇康画像　　　　阮籍画像
清·任熊《於越先贤像传赞》

嵇康抚琴图　明刻本《列仙全传》插图

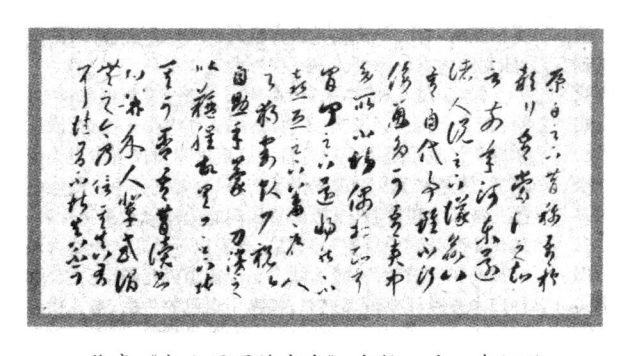

嵇康《与山巨源绝交书》书帖　唐·李怀琳

嵇康《琴赋》书帖　明·祝允明

刘伶（221—300），字伯伦，魏晋时沛国（今安徽濉溪）人。"竹林七贤"之一，嗜酒、纵酒，有《酒德颂》一文传诵。

刘伶画像

4. 晋代杜预、左思、陆机、陆云、张翰、潘岳、石崇、谢安和王羲之

杜预（222—285），字元凯，京兆杜陵（今陕西西安）人。魏晋时将领、经学家、文学家。自称"左传癖"。唐代大诗人杜甫的先祖。

左思（约250—约305），字太冲，西晋齐国临淄（今属山东）人。诗人，辞赋家，后人辑有《左太冲集》。

左思作《三都赋》，构思十余年，赋成，豪贵之家竞相传写，洛阳一时为之纸贵。现存诗14首，其中《咏史诗》8首是其代表作。

杜预画像

左思《咏史》诗其二诗意画

咏史（其二）

郁郁涧底松，离离山上苗。
以彼径寸茎，荫此百尺条。

陆机（261—303），字士衡，吴郡吴县（今江苏苏州）人。西晋文学家，诗、赋、文皆擅长。所作《文赋》，为我国最早的系统的文学创作论。有《陆机集》。

陆机画像
清刊本《吴郡名贤图传赞》

陆机《文赋》书帖
唐·陆柬之

陆云（262—303），字士龙，吴郡吴县（今江苏苏州）人。西晋文学家，陆机弟。明人辑有《陆清河集》。

陆云画像
清刊本《吴郡名贤图传赞》

张翰秋思莼鲈

张翰（生卒年不详），字季鹰，吴郡吴县（今江苏苏州市）人。西晋文学家。现存诗6首，赋两篇。

"张翰黄花句，风流五百年。"这是唐代大诗人李白赞美张翰在《杂诗》中"黄花如散金"的名句。

提及张翰，最为人熟知的还是他"秋思莼鲈"的故事。张翰有清才，纵情不拘。《晋书·张翰传》说他在洛阳为官时，"因见秋风起，乃思吴中菰菜、莼羹、鲈鱼脍。曰：'人生贵得适志，何为羁官数千里，以要（邀）名爵乎！'因作《思吴江歌》，遂命驾而归"。由此，张翰以"秋思莼鲈"为借口，逃避了一场可能因政治牵连而遭到的灾难。世人则以"莼羹、鲈脍"（思莼菜羹、鲈鱼脍）来比喻思归故里的心结。

张翰画像
清刊本《吴郡名贤图传赞》

潘岳（247—300），字安仁，荥阳中牟（今属河南郑州）人。西晋文学家。代表作为《悼亡诗》等。明人辑有《潘黄门集》。

石崇（249—300），字季伦，渤海南皮（今属河北）人。西晋文学家，善诗文。现代存诗10首，文数篇。

潘岳《笙赋》书帖　清·永瑆

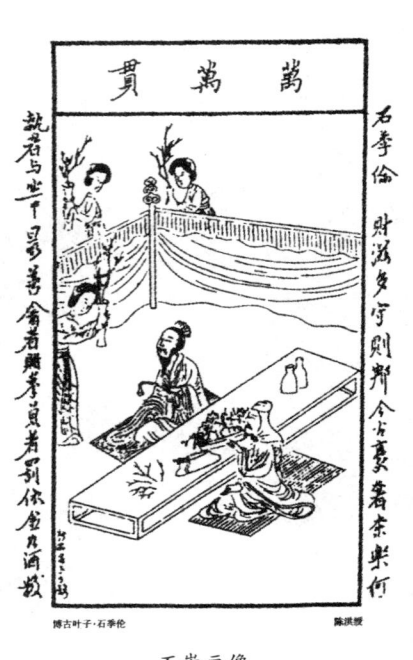

石崇画像
明·陈洪绶《博古叶子》

金谷园图　清·华嵒

石崇在洛阳西北的河阳金谷涧建金谷园别墅，极尽豪奢。他常在园中大宴宾客，游乐赋诗。后得所作之诗收为一集，并为之作《金谷园诗序》。（潘岳即有《金谷集作诗》一诗）

谢安（320—385），字安石，陈郡阳夏（今河南太康）人。东晋政治家、文学家。《全晋诗》存其诗3首。另有《晋书》录其文两篇。

谢安画像
选自《中国伦理学史》

王羲之（303—361），字逸少，琅琊临沂（今属山东）人。东晋书法家、文学家。能诗赋，擅散文，代表作《兰亭集序》尤负盛名。明人辑有《王右军集》。

王羲之画像　采自《金庭王氏族谱》

兰亭集序

东晋·王羲之

永和九年，岁在癸丑，暮春之初，会于会稽山阴之兰亭，修禊事也。群贤毕至，少长咸集。此地有崇山峻岭，茂林修竹；又有清流激湍，映带左右。引以为流觞曲水，列坐其次，虽无丝竹管弦之盛，一觞一咏，亦足以畅叙幽情。

是日也，天朗气清，惠风和畅。仰观宇宙之大，俯察品类之盛，所以游目骋怀，足以极视听之娱，信可乐也。

夫人之相与，俯仰一世。或取诸怀抱，悟言一室之内；或因寄所托，放浪形骸之外。虽趣舍万殊，静躁不同，当其欣于所遇，暂得于己，快然自足，曾不知老之将至；及其所之既倦，情随事迁，感慨系之矣。向之所欣，俯仰之间，已为陈迹，犹不能不以之兴怀。况修短随化，终期于尽。古人云："死生亦大矣。"岂不痛哉！

每览昔人兴感之由，若合一契，未尝不临文嗟悼，不能喻之于怀。固知一死生为虚诞，齐彭殇为妄作。后之视今，亦犹今之视昔。悲夫！故列叙时人，录其所述，虽世殊事异，所以兴怀，其致一也。后之览者，亦将有感于斯文。

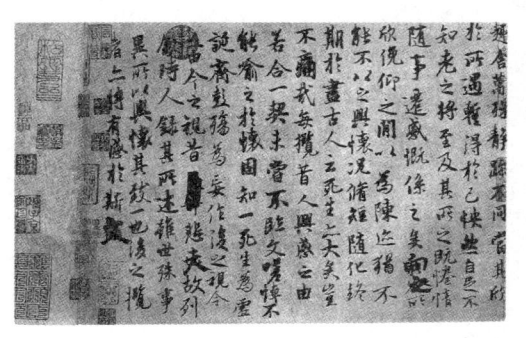

自书《兰亭集序》行书帖　东晋·王羲之

　　王羲之最负盛名的《兰亭集序》，文章俊逸优美，是千古名篇；书法遒劲，绝代无双，历代公认为"天下第一行书"。

　　晋穆帝永和九年（353）三月初三，王羲之和孙绰、谢安等42人，在会稽山阴之兰亭（今浙江绍兴的兰渚）聚于水滨宴饮洗濯，以祓除不祥，谓之修禊之事。众人诗作结集，王羲之于酒酣耳热之际，在蚕茧纸上，用韦诞墨，提鼠须笔，乘兴疾书，一口气写出了著名的《兰亭集序》。序文书法28行，布白天然，错落有致；224字，结体或修长，或浑圆，极尽变化之能事。特别是文中20个"之"字，字字不同，尽态极妍。通观全篇，骨力寓于姿媚，自如又蕴藉匠心，是晋人书法遒劲飘逸、潇洒自然风韵的最高代表。据说事后王羲之又曾重写过数十纸，但都没有达到原作的满意程度。

　　后人说："世传兰亭纵横运用，皆非人意所到，故于右军书中为第一。"（《姑溪集》）从此，《兰亭集序》作为传家宝一直传到了羲之的七世孙智永，智永又传给了弟子辨才。而后，被唐太宗派萧翼智赚了去。最后，据传为唐太宗殉葬于昭陵。自此以后，《兰亭集序》分两派流传。一为唐人摹本，最秀丽者为"神龙本"，即冯承素摹本，字体沉厚静穆、丰神妍丽、气韵动人。一为刻本，首推定武石刻本，是唐太宗命欧阳询用真迹勾摹刻石的。石刻辗转流失，拓本则不下百余种流播。

兰亭修禊图　明·文徵明

曲水流觞图　清·苏六朋

5. 谢灵运、谢惠连、范晔、陆凯、刘义庆和谢庄

谢灵运（385—433），会稽（今浙江绍兴）人。袭封康乐公，世称"谢康乐"。官终临川内史，因谋反流放广州，被杀。南朝宋诗人。诗歌主要描绘自然景色。

谢灵运画像

诗二首（其一）

南朝宋·谢灵运

（谢灵运王子晋赞）

淑质非不丽，难之以万年。储宫非不贵，岂若上登天。王子复清旷，区中实哗（嚣）喧。既见浮丘公，与尔共纷繙（翻）。

谢灵运《诗二首》（其一）
草书帖（之一） 唐·张旭

谢灵运《诗二首》（其一）
草书帖（之二） 唐·张旭

《古诗四帖》是颠草的代表作,现藏辽宁省博物馆。草书 40 行,188 字。用笔偏肥,但圆转自如,连绵回绕,含蓄而奔放。结体茂密渊厚,布局大开大合,跌宕起伏而又自然和谐,一派雄强壮阔的气势。即如明人董其昌说的:"有悬岩坠石,急雨旋风之势。"

诗二首(其二)

南朝宋·谢灵运

(岩下一老公四五少年赞)

衡山采药人,路迷粮亦绝。过息岩下坐,正见相对说。一老四五少,仙隐不别可。其书非世教,其人必贤哲。

谢灵运《诗二首》(其二)草书帖之一　唐·张旭

谢灵运《诗二首》(其二)草书帖之二　唐·张旭

池塘春草图　清·高凤翰

《池塘春草图》是画作《南天雁影图》（十一页）中之一页，表现的是谢灵运《登池上楼》诗意。谢诗中"池塘生春草，园柳变鸣禽"，是备受后人推崇的名句。如唐代李白《赠从弟南平太守之遥二首》中说："梦得池塘生春草，使我长价登楼诗。"又如金代元好问《论诗三十首（其二十九）》中说："池塘春草谢家春，万古千秋五字新。"五字即指"池塘生春草"。

谢惠连（407—433），陈郡阳夏（今河南太康）人。南朝宋文学家，工诗赋，代表作有《捣衣诗》《雪赋》等。明人辑有《谢法曹集》。

谢惠连《雪赋》小楷书帖　明·文徵明

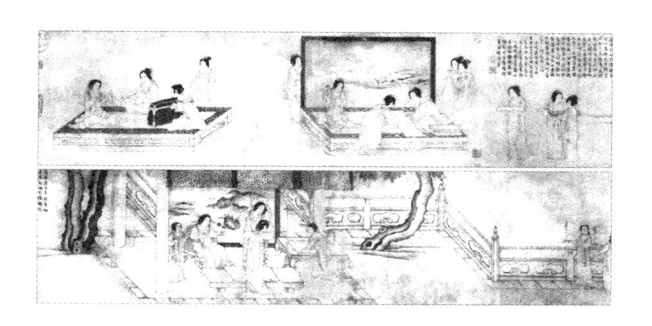

谢惠连《捣衣诗》诗意画　南宋·牟益

此图据诗意分别画捣练、剪裁缝制、装箱寄送等场景，表现的是捣衣妇女对征夫的深切思念之情。

范晔（398—445），字蔚宗，顺阳（今河南淅川）人。南朝宋史学家、文学家。所著《后汉书》为我国著名的史书之一。其中人物传记大多真实生动，有的成为文学故事久远流传，为书画创作题材，如王昭君出塞和番等。

昭君，西汉南郡秭归（今属湖北省）人，名嫱，字昭君；晋避司马昭讳改称为明君，后人又称为明妃。汉元帝时宫人。匈奴呼韩邪单于入朝，求美人为阏氏，以结和亲。昭君自请出嫁匈奴，死后葬于匈奴。现内蒙古呼和浩特市南有昭君墓，世称青冢。

班固《汉书》中的《元帝纪》《匈奴传》和范晔《后汉书》等记载的昭君故事，成为后来诗词、小说、戏曲、说唱及绘画等创作最流行的历史题材之一。《昭君出塞》则是最多的绘画题目。

《后汉书·南匈奴传》记载："昭君，字嫱，南郡人也。初元帝时以良家子选入掖庭。时呼韩邪来朝，帝敕以宫女五人赐之。昭君入宫数岁不得见御，积悲怨，乃请掖庭令求行呼韩邪。临辞，大会。帝召五女以示之。昭君丰容靓饰，光明汉宫，顾景裴回（徘徊），竦动左右。帝见大惊，意欲留之而难于失信。遂于匈奴，生二子。"

明妃出塞图之一　金·宫素然

明妃出塞图之二　金·宫素然

明妃出塞图之三　金·宫素然

明妃出塞图之四　金·宫素然

昭君出塞图　明·仇英

昭君出塞图　近代·倪田

赠范晔

南朝宋·陆凯

折梅逢驿使，寄与陇头人。
江南无所有，聊赠一枝春。

　　陆凯（生卒年不详），字智君，代郡（今山西代县）人。曾任正平太守。离京去到江南，适逢年关，陆凯格外思念在京的好友范晔，于是折梅一枝，托驿使送给范晔，并赠诗一首。诗的语浅情深，为人喜爱。后世以"一枝春"代指梅，或表达相思之情，典故即出于此。

寄梅图（陆凯《赠范晔》诗意画）　明刊本《雁横秋》

刘义庆（403—444），彭城（今江苏徐州）人。南朝宋文学家。所著《世说新语》，辑录从汉代到晋朝间的逸闻轶事，语言精练生动、含蓄隽永。不少人物故事深有意趣，为画家所关注，如《世说新语·任诞》中王徽之的两则轶事。

世说新语·任诞之四十六

南朝宋·刘义庆

王子猷尝暂寄人空宅住，便令种竹。或问："暂住何烦尔？"王啸咏良久，直指竹曰："何可一日无此君？"

王徽之赏竹图（刘义庆《世说新语》文意画）　明·郭诩

世说新语·任诞之四十七

南朝宋·刘义庆

　　王子猷居山阴，夜大雪，眠觉，开室命酌酒，四望皎然。因起彷徨，咏左思《招隐诗》，忽忆戴安道。时戴在剡，即便夜乘小船就之。经宿方至，造门不前而返。人问其故，王曰："吾本乘兴而行，兴尽而返，何必见戴。"

　　王徽之（字子猷）是王羲之的第五个儿子。王徽之性格超然，生活随意，个性张扬，以旷达、任诞的名士之风著称。他与画家、雕塑家戴逵是好朋友。王徽之住在山阴县。一天夜晚下大雪，他一觉醒来，打开房门饮酒，观赏景色，四面一片银色。他起身一边来回走动，一边吟咏左思的《招隐诗》。忽然，他想起了戴逵在剡县，于是便连夜动身乘小船去拜访。船行一夜才到达目的地。可是走到戴家的门前，徽之却不进去，即转身回返家中。别人问他这是什么缘故，王徽之回答说："我本来是乘兴而行，现在兴尽而返。何必一定要见到戴安道（戴逵字安道）呢？"

　　谢庄（421—466），字希

雪夜访戴图（刘义庆《世说新语》文意画）　元·张渥

逸,陈郡阳夏(今河南太康)人。南朝宋文学家,代表作有《月赋》等,明人辑有《谢光禄集》。

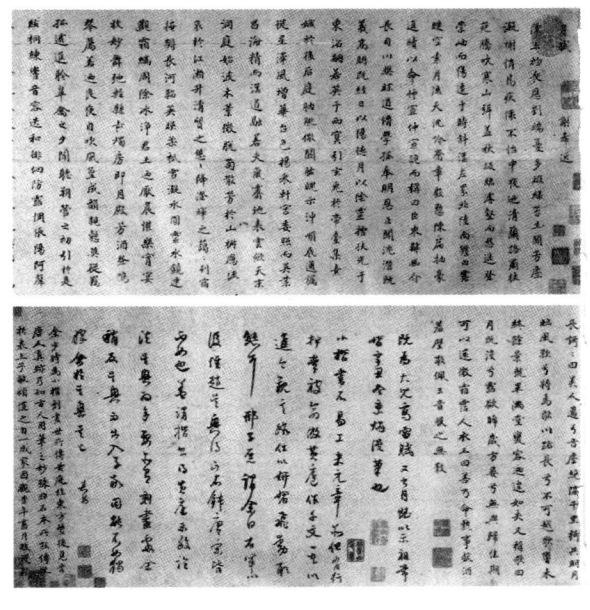

谢庄《月赋》书帖　明·董其昌

白露暧空,素月流天。

——《月赋》

美人迈兮音尘阙,隔千里兮共明月。

——《月赋》

6. 孔稚珪、谢朓、陶弘景、萧衍、萧统和庾信

孔稚珪（447—501），字德璋，会稽山阴（今浙江绍兴）人。南朝齐文学家，文章享有盛名，代表作有《北山移文》等。明人辑有《孔詹事集》。

孔稚珪《北山移文》书帖（局部） 明·文徵明

游东田

南朝齐·谢朓

寻云陟累榭，随山望菌阁。
远树暧阡阡，生烟纷漠漠。

谢朓（464—499），字玄晖，陈郡阳夏（今河南太康）人。南朝齐文学家、诗人。与谢灵运同族而后出，人称"小谢"。曾任宣城太守，亦称"谢宣城"。官至尚书吏部郎。后为人构陷，死于狱中。其山水诗体察入微，刻画逼真，为后人所称颂。"余霞散成绮，澄江静如练"是他的名句。明人辑有《谢宣城集》。

山腰楼观图（谢朓《游东田》诗意画） 南宋·萧照

陶弘景（456—536），字通明，自号华阳隐居，丹阳秣陵（今江苏南京）人。南朝梁道教思想家、医学家、文学家。能诗文，长于骈文，代表作有《答谢中书术》等。明人辑有《陶隐居集》。

陶弘景画像

陶弘景隐居图
郭杰等《中国文学史话》

诏问山中何所有赋诗以答

南朝梁·陶弘景

山中何所有？岭上多白云。
只可自怡悦，不堪持寄君。

陶弘景山中诗意画

"山中宰相"陶弘景

南朝齐高帝时，陶弘景任奉朝请。永明十年（492）辞官，隐居茅山，自号华阳隐居。梁武帝立朝后，多次征召，陶弘景坚辞不就。梁武帝即屡屡书信咨询，他都一一回复，时人称他为"山中宰相"。

陶弘景的诗作名篇《诏问山中何所有赋诗以答》则是回答齐高帝的"诏问"。

萧衍（464—549），南朝梁开国皇帝，世称梁武帝，小字练儿。南兰陵（今江苏丹阳）人。文学家、学者，明人辑有《梁武帝集》。

萧衍画像
明刊本《历代古人像赞》

萧统画像　明刊本《历代古人像赞》

萧统（501—531），字德施，南兰陵（今江苏常州）人。南朝梁文学家。选录先秦至南朝齐梁时期诗文七百余篇，编成《昭明文选》，为我国最早的诗文总集，对后世文学影响很大。后人辑有《昭明太子集》。

庾信（513—581），字子山，南阳新野（今属河南）人。北周著名文学家。初仕梁，复仕西魏，后仕北周，官至骠骑大将军，开府仪同三司，世称庾开府。有《庾子山集注》。

《枯树赋》为庾信晚年羁留北方时的思念故乡之作，与《哀江南赋》同为他的代表性作品。

庾信《枯树赋》楷书帖　唐·褚遂良

诗二首（其一）

北周·庾信

东明九芝盖，北烛五云车。飘飖入倒景，出没上烟霞。春泉下玉霤，青鸟向金华。汉帝看桃核，齐侯问枣花。应逐上元酒，同来访蔡家。

庾信《诗二首》（其一）草书帖　唐·张旭

《庾信〈诗二首〉草书帖》是张旭著名的传世杰作《古诗四帖》的前段（后段为南朝宋谢灵运《诗二首》）。

诗二首（其二）

北周·庾信

北阙临丹水，南宫生绛云。龙泥印玉简，大火炼真文。上元风雨散，中天哥吹分。虚驾千寻上，空香万里闻。

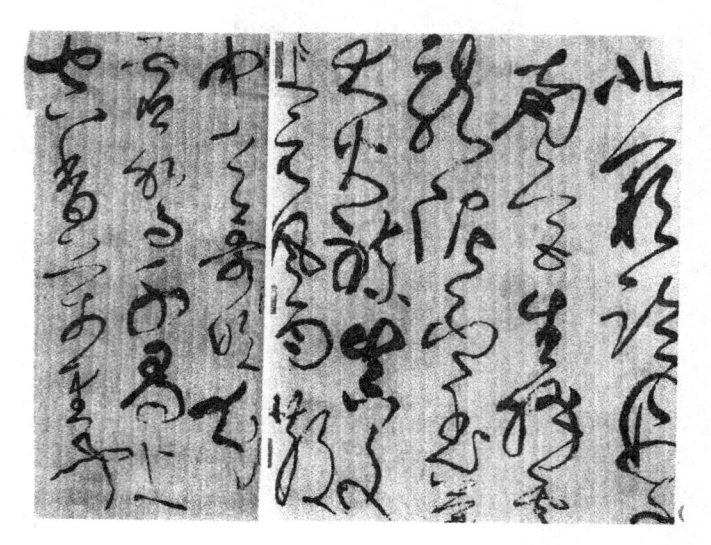

庾信《诗二首》（其二）草书帖　唐·张旭

明君词

北周·庾信

胡风入骨冷，夜月照心明。
方调琴上曲，变入胡笳声。

昭君和番图　清代·苏州年画

7. 北朝民歌《木兰辞》

木兰图　清·金史《无双谱》

木兰从军

北朝民歌《木兰辞》，讲了一则木兰代父从军的故事。

"唧唧复唧唧，木兰当户织。"木兰堂前织布，伏在织布机上一边轻声叹息，一边想着心事。征兵文书下来了，自己家要去一名男子当兵。爹已年老体衰，弟弟还不到十岁，想来想去，木兰决计女扮男装，替父从军。她与父母亲商量后，爹娘也别无他法，只好答应了。

木兰买好骏马、长鞭，一切准备妥当，就随着队伍出征了。她渡黄河，过黑山，再也听不见爹娘叫唤她的声音，耳边只有胡地的战马嘶鸣，巡夜打更的刁斗声声。万里征战，出生入死。经过十年辗转，木兰终于胜利归来。由于她战功卓绝，皇帝要封她显赫的爵位，赏黄金千百，还要任她为尚书郎。但木兰都不肯接受，只要求让她回到父母的身旁。

木兰回到亲爱的故乡，爹娘互相搀扶着迎出了城，姐姐特着意打扮了一番，已长成小伙子的弟弟，更是忙着杀猪宰羊。木兰回到闺房，脱掉战袍，穿上过去穿过的艳美的女儿装，又对着镜子梳好头发，贴上饰面的花黄。当木兰走出来看望共同战斗过的伙伴们时，众人都大吃一惊："同行十二年，不知木兰是女郎。"木兰则哈哈大笑道:"雄兔脚扑朔,雌兔眼迷离。双兔傍地走,安能辨我是雄雌?"意思是说,雄兔被捉时双腿踢蹬不停,雌兔眼光朦胧迷离,当它们挨着地面奔跑的时候,又怎么能分辨出它们是雄是雌呢?

在我国广泛流传了一千多年、几乎是家喻户晓的木兰代父从军的故事,最早出现在北朝乐府民歌《木兰辞》中。

《木兰辞》(局部)　明·张瑞图

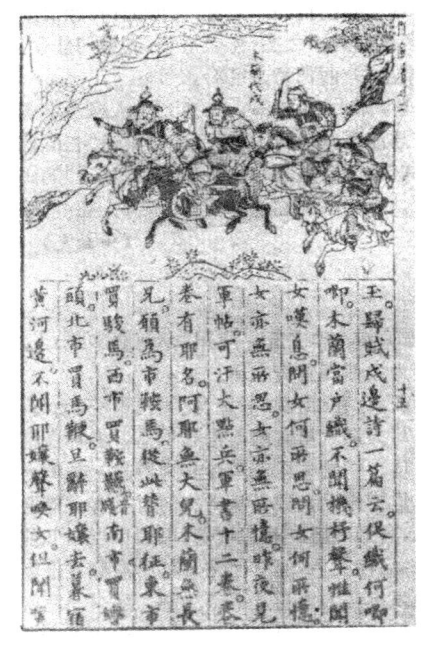

木兰代戍图　明刻本《闺范》

木兰从军图　清·孟泽臣

六、陶渊明诗文

1. 陶渊明图像及生活情景画

陶渊明（365—427），字元亮，一说名潜，字渊明，私谥靖节。东晋浔阳柴桑（今江西九江）人。少博学，善属文，有"大济于苍生"的雄心壮志。二十九岁时为江州祭酒，因不堪吏职，自解职归。后又做过镇军参军、建威参军等一类小官。四十一岁时任彭泽令，在官八十余日，因不愿"为五斗米折腰"，束带见郡督邮，又解印去职归隐，结束了他的仕宦生涯。回到庐山老家，与妻、子耕作自养。

陶渊明画像

陶渊明被奉为"古今隐逸诗人之宗"，当今公认为是中国古代田园诗的开创者。现存诗一百二十余首，代表作有《归园田居》《饮酒》等。存文十余篇，《归去来兮辞》《桃花源记》等是代表作。

陶渊明逸致图　明·周位

陶渊明画图　明·王仲玉

陶渊明手抚无弦琴画像
清·上官周《晚笑堂画传》

　　陶渊明不懂音乐，但有无弦琴一张，每逢朋友诗酒吟唱，他即抚琴而和之，自谓："但识琴中趣，何劳弦上声！"《晋书·陶潜传》中这样说他："性不解音，而蓄素琴一张，弦徽不具。每朋酒之会，则抚而和之。曰：'但识琴中趣，何劳弦上音！'"

　　右上这幅画像表现的就是陶渊明手抚无弦琴的形象。

彭泽高踪图　明·陆治

渊明涉园图　明·张瑞图

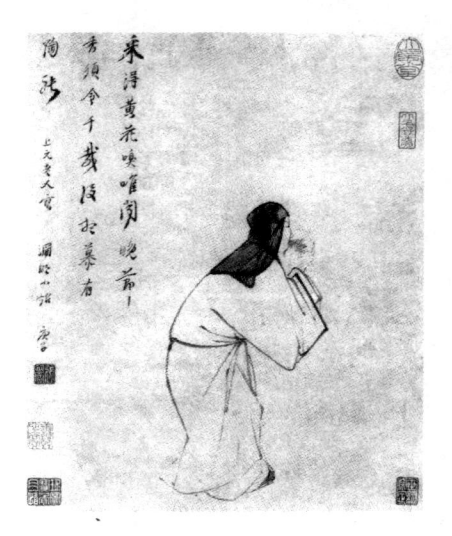

渊明嗅菊图　清·张风

扶醉图　元·钱选

渊明醉归图　明·张鹏

漉酒图　明·丁云鹏

2. 庐山观莲

　　东晋高僧慧远晚年住庐山东林寺。他与慧永、慧持、刘遗民、雷次宗等僧俗十八人结盟集社，并在寺前掘地植白莲，因号白莲社，简称莲社，时号"莲社十八贤"。陶潜和著名诗人谢灵运亦在其列。晋末有佚名作者作《莲社高贤传》，该书明刊本后附《莲社高贤图》，传为北宋李公麟所画。此处选画中陶、谢两人的局部。图中乘竹篮者为陶渊明，他因足疾被门生的两个儿子抬着；谢灵运则骑马前行。南宋佚名作者的《莲社图》亦是表现的同一内容。

　　相关画作，比较著名的还有宋代张激的《白莲社图》、明代仇英的《莲社图》和清代上官周的《庐山观莲图》等。

莲社高贤图（局部）　北宋·李公麟

白莲社图（局部） 宋·张激

白莲社图（局部） 宋·张激

莲社图　明·仇英

庐山观莲图　清·上官周

虎溪三笑

　　东晋名僧慧远，晚年入住庐山东林寺三十年。相传他"送客不过溪"，每次送客只到寺前不远的虎溪即止步。有一天，陶潜和道士陆修静来访，三人交谈很是契合。慧远送别二人时，由于谈兴甚浓，不知不觉经小桥走过了虎溪。这时，老虎骤然吼叫起来，三人这才警觉慧远破了他"送客不过溪"的老规矩。于是三人大笑而别。后人于此建三笑亭，至今遗址尚存。同时，《虎溪三笑图》亦成为不少画家热衷的画题。南宋佚名画家的《虎溪三笑图》，以深远秀美的虎溪为背景，描绘了三人抵掌大笑的生动形态，颇为世人称道。此处同时另选两幅以之比较参照。

虎溪三笑图　明刊本《程氏墨苑》

虎溪三笑图　民国版《中国文艺辞典》插图

3. 陶渊明诗歌书画图

归园田居（五首之三）

东晋·陶渊明

种豆南山下，草盛豆苗稀。晨兴理荒秽，带月荷锄归。道狭草木长，夕露沾我衣。衣沾不足惜，但使愿无违。

带月荷锄归图（陶渊明诗意画） 清·石涛

饮酒（二十首之一）

东晋·陶渊明

衰荣无定在，彼此更共之。邵生瓜田中，宁似东陵时。寒暑有代谢，人道每如兹。达人解其会，逝将不复疑。忽与一觞酒，日夕欢相持。

饮酒（二十首之二）

东晋·陶渊明

积善云有报，夷叔在西山。善恶苟不应，何事空立言。九十行带索，饥寒况当年。不赖固穷节，百世当谁传。

《饮酒二十首》行草书帖（局部）　明·王穀祥

明代王穀祥《陶渊明诗》卷，书录陶渊明《饮酒二十首》（此处为前二首），为行、草相间书体，笔致遒逸，显现出晋代文人闲雅淡泊风范。

饮酒（二十首之五）

东晋·陶渊明

结庐在人境，而无车马喧。问君何能尔？心远地自偏。采菊东篱下，悠然见南山。山气日夕佳，飞鸟相与还。此中有真意，欲辨已忘言。

东篱赏菊图　明·唐寅

悠然见南山图（陶渊明诗意画）　清·石涛

此诗为《饮酒二十首》中最为人称道的一首,"采菊东篱下,悠然见南山"两句更为经典名句。唐寅《东篱赏菊图》取上句,石涛《悠然见南山图》取下句,意境与情韵大体相类,只是两幅画的侧重点不同。

饮酒(二十首之二十)

东晋·陶渊明

羲农去我久,举世少复真。汲汲鲁中叟,弥缝使其淳。凤鸟虽不至,礼乐暂得新。洙泗辍微响,漂流逮狂秦。诗书复何罪,一朝成灰尘。区区诸老翁,为事诚殷勤。如何绝世下,六籍无一亲。终日驰车走,不见所问津。若复不快饮,空负头上巾。但恨多谬误,君当恕醉人。

陶渊明《饮酒》五言律诗书帖　清·高翔

清代高翔的《五言律诗》轴，即书录陶渊明的这首《饮酒》诗，隶书又掺入篆体，结构匀稳而秀逸，用笔细劲、波折分明而又抑扬有致，显得古雅飘逸。

读《山海经》（十三首之十）

东晋·陶渊明

精卫衔微木，将以填沧海。刑天舞干戚，猛志固常在。同物既无虑，化去不复悔。徒设在昔心，良辰讵可待。

陶渊明读《山海经》图　清·钱慧安

《读〈山海经〉》十三首是陶渊明"怒目金刚式"（鲁迅语）诗风的代表作，清代画家钱慧安就是抓住了这一特点来创作《陶渊明读〈山海经〉》这幅画的。

4.《桃花源记》文意画

桃源仙境图　明·仇英

此图据《桃花源记》文意,画理想桃源仙境中人们的隐居生活情景。

桃花源图　明·周臣

桃花源图　明·宋旭

六、陶渊明诗文

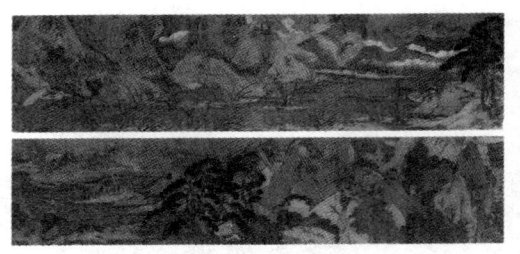

桃源仙境图　明·王彪

桃源图　清·袁耀

5.《归去来兮辞》书画图

陶渊明不为五斗米折腰

《晋书·陶潜传》说"潜少怀高尚,博学善属文,颖脱不羁,任真自然,为乡邻之所贵。……素简贵,不私事上官。郡遣督邮至县,吏曰:'应束带见之。'潜叹曰:'吾不能为五斗米折腰,拳拳事乡里小人邪!'义熙二年,解印去县,乃赋《归去来》。其辞曰……至于酒米乏绝,亦时相瞻。其亲朋好事,或载酒肴而往,潜亦无所辞焉。每一醉,则大适融然。又不营生业,家务悉委之儿仆,未尝有喜愠之色。惟遇酒则饮。时或无酒,亦雅咏不辍。尝言夏月虚闲,高卧北窗之下,清风飒至,自谓羲皇上人。"

《归去来兮辞》集中表现了陶渊明的人品和行事,后世许多书画家据此创作了众多的书画作品。

《归去来兮辞》楷书帖 宋·苏轼

《归去来兮辞》书帖　元·赵孟頫

《归去来兮辞》隶书书帖　明·沈度

《归去来兮辞》书帖　明·文徵明

归去来兮辞图　元·钱选

六、陶渊明诗文

6. 元代何澄《归庄图》

　　古代画家根据一篇诗文创作"连续图画"（鲁迅语）的长卷，最早见于晋代顾恺之的《洛神赋》；篇幅最多的当为清代门应兆的《离骚全图》。如以同一题材画本种类而言，当为至少有三种著名的《归去来辞图》：继元代何澄之后，明初马轼、李在、夏芷合作创作了九幅装成一卷，而明代后期的人物画大师陈洪绶更以一人之力创作了十一幅的长卷。

　　元代何澄《归庄图》，又名《归去来兮图》，分段画《归去来兮辞》句意，如村旁问道、临庄慨叹、挚友叙谈、饮酒赏泉等。段与段之间不用间隔，如《洛神赋图》一样，构图连接，主题人物连续出现。徐达评之为"人物用方笔线描，山树干墨燥锋"，开元代逸笔先路，所以极为赵孟頫等人赞美。

归庄图·村旁问道　元·何澄

归庄图·挚友叙谈　元·何澄

归庄图·饮酒赏泉　元·何澄

归庄图（局部）　元·何澄

六、陶渊明诗文

163

归庄图（局部）　元·何澄

7. 明代马轼、李在、夏芷
《陶渊明事迹图》（九幅选七）

归去来兮图·问征夫以前路　明·马轼

归去来兮图·稚子候门　明·马轼

归去来兮图·云无心以出岫　明·李在

归去来兮图·抚孤松而盘桓　明·李在

归去来兮图·农人告余以春及　明·马轼

归去来兮图·或棹孤舟　明·夏芷

归去来兮图·临清流而赋诗　明·李在

8. 明代陈洪绶《陶渊明故事图》

陈洪绶的老友周亮工（1612—1672），精于书画鉴赏，家藏印篆、书画极富。他与陈洪绶是有二十多年交往的老朋友。南都陷落后，周亮工投降清廷，在清初历官福建按察使、户部侍郎。对老友的"失节"，陈洪绶深感痛心，很是不满。在陈洪绶去世前二年（1650）的夏天，陈洪绶应周亮工之索请，为他画了一幅《归去来图》长卷以寄。全图11段，每段画陶渊明清逸生活的一个情节。第四段《归去》题云："松景思余，余乃归欤。"第六段《解印》题云："糊口而来，折腰则去，乱世之出处。"集中表现了陈洪绶规劝老友不要在清廷为官的良苦用心。

下图十一段选四。十一段标题为：

1. 采菊；2. 寄力；3. 种秫；4. 归去；5. 无酒；6. 解印；
7. 贳酒；8. 赞扇；9. 却馈；10. 行乞；11. 漉酒。

归去来图·采菊（第一段）

归去来图·种秫（第三段）

归去来图·归云（第四段）

归去来图·无酒（第五段）

七、初唐诗文

1. 魏徵、王绩和寒山、拾得

魏徵（580—643），字玄成，魏州曲城（今属河北）人。初唐政治家、文学家。辅佐唐太宗时，敢于犯颜直谏，写有著名的《谏太宗十思疏》等。存诗1卷，存文35篇。

魏徵画像

夜还东溪

唐·王绩

石苔应可践，丛枝幸易攀。
青溪归路直，乘月夜歌还。

王绩《夜还东溪》诗意图
明刊本《唐诗画谱》

王绩（589—644），字无功，号东皋子。绛州龙门县（今山西河津）人。唐初诗人，有《王无功文集》。

寒山与拾得

　　寒山（生卒年不详）、拾得（生卒年不详），唐初贞观年间的两位诗僧，分别居住在天台唐兴县寒岩和天台山国清寺。后人辑得寒山诗三百余首，编为《寒山子诗集》，后附拾得诗五十余首。

　　图3中右为寒山，左为破衣蓬发的拾得。

寒山拾得图　清·罗聘

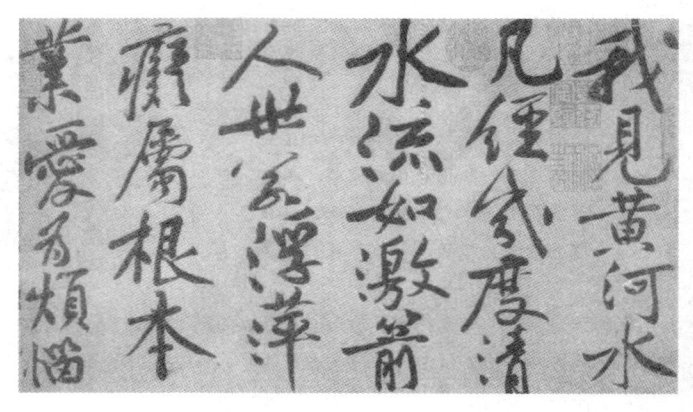

寒山子庞居士诗书帖（局部）　宋·黄庭坚

劝戒诗（选录一首）

我见黄河水，凡经几度清。水流如激箭，人世若浮萍。痴属根本业，爱为烦恼阮。轮回几许劫，不解了无明。

黄庭坚是宋代书法四大家之一，书法以韵取胜。用笔多以欹侧取势，结字中宫敛集，长画呈辐射式四展，形成内聚外放、体势张扬、纵逸飞动的特点。《庞居士寒山子诗》，是他晚年的书法杰作。

2. "初唐四杰"之骆、卢、杨

骆宾王,"初唐四杰"之一。他曾参与徐敬业反武则天的军事行动,失败后下落不明。传说他削发为僧、遍游名山,曾居衡山和杭州灵隐寺,年九十余卒。这幅肖像当是画家据此传说臆作。

骆宾王诗文轶事两则

骆宾王(约626—687),字观光,婺州义乌(今属浙江)人。"初唐四杰"之一,曾任临海县丞,世称"骆临海"。徐敬业扬州起兵讨武后时,骆宾王为之写了《讨武曌檄》。敬业兵败,骆宾王不知所终。

骆宾王七岁能文,写有传诵甚广的《咏鹅》诗,人称神童。他写诗擅长于长篇歌行,有较强的人生实感,《在狱咏蝉并序》是其代表诗作。

著名的《讨武曌檄》,据说连武则天读后都深爱其才。

唐·段成式《酉阳杂俎》载说:

骆宾王为徐敬业作檄,极疏大周过恶。则天览及"蛾眉不肯让人,狐媚偏能惑主",微笑而已。至"一抔之土未干,六尺之孤安在",不悦曰:"宰相何得失如此人!"

徐敬业(634—684)即李敬业,因反对武则天临朝在扬州起兵,兵败被部下所杀。骆宾王为徐敬业起草的《讨武曌檄》,又称《代李敬业传檄天下文》(檄,用于晓谕、声讨的文书),是古代的散文

骆宾王画像
清·上官周《晚笑堂画传》

名篇，清人编《古文观止》中亦选入。武则天读此文后的"不悦"，是因为宰相失掉了骆宾王这样有才能的人，既反映了武则天的爱才和精明，也从一个侧面说明了骆宾王的文才。

传说徐敬业兵败后，骆宾王削发为僧、遍游名山，曾居湖南衡山和杭州灵隐寺，年九十余卒。而在灵隐寺，又有为宋之问赠警策名句的传说。

唐·孟棨《本事诗·徵异》载：

宋考功以事累贬黜，后放还，至江南，游灵隐寺。

夜月极明，长廊吟行，且为诗曰："鹫岭郁岧峣，龙宫隐寂寥。"第二联搜奇思，终不如意。有老僧点长明灯，坐大禅床，问曰："少年夜夕久不寐，而吟讽甚苦，何邪。"之问答曰："弟子业诗，适偶欲题此寺，而兴思不属。"

僧曰："试吟上联。"即吟与听之。再三吟讽，因曰："何不云：'楼观沧海日，门听浙江潮。'"之问愕然，讶其遒丽。又续终篇曰："桂子月中落，天香云外飘。扪萝登塔远，刳木取泉遥。霜薄花更发，冰轻叶未凋。待入天台路，看余度石桥。"僧所赠句，乃为一篇之警策。迟明更访之，则不复见矣。寺僧有知者，曰："此骆宾王也。"

易水悲歌图（骆宾王《于易水送人一绝》诗意画） 近代·马骀

宋考功即宋之问，他曾官考功员外郎。灵隐寺，又名云林禅寺，在今浙江杭州。

《易水悲歌图》中左上题骆宾王原诗为："此地别燕丹，壮士发冲冠。昔时人已没，今日水犹寒。"

卢照邻画像
清·上官周《晚笑堂画传》

杨盈川

盈川與王盧駱為四傑當謂吾愧在盧前耻居王後重之者崔融李嶠張說謂勃文章宏逸有絕塵之姿固非常流而及烱與照鄰可以企及說謂楊盈川文思如懸河注水酌之不竭既復傻柊盧么不戚王其稱耻居王後信然愧在盧前諫也

杨炯画像
清·上官周《晚笑堂画传》

3. "初唐四杰"之王勃

王勃画像
清·上官周《晚笑堂画传》

杜少府,诗人的友人,姓杜,任少府之职。他要去蜀州(今四川崇州)赴任,王勃当时在长安任职,就为他写了这首著名的送别诗。诗作一反送别诗常有的黯然神伤的情调,以清新健康、奋发向上的精神来劝慰朋友,也激励自己。其中"海内存知己,天涯若比邻",更是千古传诵的不朽名句。

全诗为:
城阙辅三秦,风烟望五津。
与君离别意,同是宦游人。
海内存知己,天涯若比邻。
无为在歧路,儿女共沾巾。

杜少府之任蜀州诗篆书贴
清·钱坫

王勃《早春野望》诗意图
明刊本《唐诗画谱》

滕王阁图　宋·佚名

作《滕王阁序》王勃展才

王勃（649—676），字子安，绛州龙门（今山西河津市）人。十六岁应举及第，授朝散郎。虢州参军任上犯了死罪，遇赦革职。父受牵连，左迁交趾令。王勃渡海省亲，溺水而亡。

唐初五言律诗，由于"初唐四杰"的努力，渐趋成熟。作为"初唐四杰"的主将，王勃在这方面成就最高。有《王子安集》。

《新唐书·王勃传》载有赋《滕王阁序》、王勃展才的著名典故：

……九月九日都督大宴滕王阁，宿命其婿作序以夸客，因出纸笔遍请客，莫敢当，至勃，沉然不辞。都督怒，起更衣，遣吏伺其文辄报。一再报，语益奇，乃矍然曰："天才也！"请遂成文，极欢罢。勃属文，初不精思，先磨墨数升，则酣饮，引被覆面卧，及寤，援笔成篇，不易一字，时人谓勃为腹稿。

《滕王阁序》行书帖　明·文徵明

落霞孤鹜图　明·唐寅

　　"落霞与孤鹜齐飞，秋水共长天一色"，是《滕王阁序》中的精警之句，历来广为世人传诵。唐寅据此所画《落霞孤鹜图》，亦是古代山水名画。唐寅画上题诗曰："画栋珠帘烟水中，落霞孤鹜渺无踪。千年想见王南海，曾借龙王一阵风。"

　　唐寅画作，墨色润泽，格法虽严谨，但山石水榭、晚晴霞光的处置，极有笔墨情趣。

王勃作文，妙句惊阎公

五代·王定保《唐摭言》载：

王勃著《滕王阁序》，时年十四。都督阎公不之信。勃虽在座，而阎公意属子婿孟学士者为之，已宿构矣。及以纸笔巡让宾客，勃不辞让。公大怒，拂衣而起，专令人伺其下笔。第一报云："南昌故郡，洪都新府。"公曰："亦是老先生常谈！"又报云："星分翼轸，地接衡庐。"公闻之，沉吟不言。又云："落霞与孤鹜齐飞，秋水共长天一色。"公矍然而起曰："此真天才，当垂不朽矣。"遂亟请宴所，极欢而罢。

4. 贺知章和张旭、张若虚和张九龄

贺知章（659—744），字季真，会稽（今浙江杭州）人。官至太子宾客、秘书监。他放诞嗜酒，善草隶，为唐草先驱。存诗一卷，流传最广的是七绝《咏柳》和《回乡偶书》。

贺知章画像

知章骑马似乘船，
眼花落井水底眠。
——唐·杜甫
《饮中八仙歌》

贺知章醉酒图
清·任熊《於越先贤像传赞》

回乡偶书
其一

少小离家老大回,
乡音无改鬓毛衰。
儿童相见不相识,
笑问客从何处来。

其二

离别家乡岁月多,
近来人事半消磨。
惟有门前镜湖水,
春风不改旧时波。

贺知章《回乡偶书》诗意图
清·钱慧安

张旭（约685—约759），字伯高，苏州吴县（今属江苏）人。官至左率府长史，人称张长史。善草书，世称"草圣"。存写景绝句六首，《桃花溪》《山客》流传甚广。

张旭画像
清刊本《吴郡名贤图传赞》

张若虚《春江花月夜》诗草书帖（后段）
明·祝允明

张若虚（约670—约730），扬州（今属江苏）人。曾任兖州兵曹。与贺知章、张旭、包融并称"吴中四士"。存诗两首。而仅此被称为"孤篇压全唐"的《春江花月夜》一首，即成就了张若虚的千古诗名。

张九龄画像

七、初唐诗文

5. 陈子昂

陈子昂画像

弄胡琴图
清·王树榖

陈子昂摔琴赠诗文

初唐文学家陈子昂（661—702），字伯玉，梓州射洪（今属四川）人。他提倡汉魏风骨，反对六朝绮靡文风，是唐代诗文革新的先驱。《修竹篇序》和《感遇》诗三十八首、《蓟丘览古》《登幽州台歌》等是他的代表诗文。

据传，陈子昂居长安十年，默默无闻。后购得价一百万钱的胡琴，于是请客来家赴宴，并听他的胡琴演奏。是日，有百余人赴宴，俱为一时名流。酒宴结束后，陈子昂捧出胡琴对众人说："我有众多文章，奔走京师，碌碌无闻。演奏乐器是乐工的事，我哪里会去花这精力。"说罢，毁弃了胡琴，令家人抬出两桌文稿，遍赠众宾客。宴会散后，一日之内，陈子昂誉满京都。当时武攸宜为建安王，于是聘请陈子昂做了记室（秘书）。

这则传闻，唐代李冗《独异志》补佚，宋代计有功《唐诗纪事》卷八等均有记载。宋初李昉《太平广记》中这样记叙道：

"陈子昂，蜀射洪人。十年居京师不为人知。时东市有卖胡琴者，其价百万。日有豪贵传视，无辨者。子昂突出于众，谓左右：'可辇千缗市之。'众咸惊，问曰：'何用之？'答曰：'余善此乐。'或有好事者曰：'可得一闻乎？'答曰：'余居宣阳里。'指其第处：'并具有酒，明日专候荣顾，且各邀闻名者齐赴，乃幸遇也。'来晨，集者凡百余人，皆当时重誉之士。子昂大张宴席，具珍羞。食毕，起，捧胡琴当前语曰：'蜀人陈子昂，有文百轴，驰走京毂，碌碌尘土，不为人知。此乐贱工之役，岂愚留心哉。'遂举而破之。异文轴两案，遍赠会者。会既散，一日之内，声华溢都。"

这则传闻，也成了画家的画题，有《摔琴图》《弄胡琴图》等多件画作传世。

武则天万岁通天元年（696），陈子昂随武攸宜军讨契丹，因军事失利，屡屡进谏不见用，反遭贬斥。苦闷抑郁中，诗人登蓟北楼（即幽州台，故址在今北京市西南角），感昔抚今，不禁"泫然流涕而歌"，吟成一诗。诗境雄浑苍茫，格调凄凉悲壮，是为震烁千古的名篇《登幽州台歌》：

前不见古人，后不见来者。
念天地之悠悠，独怆然而涕下。

八、盛唐诗文

1. 王之涣、王昌龄和王湾

旗亭赌唱图
明刊本杂剧《旗亭宴》插图

王之涣与诗友旗亭赌唱比高下

开元、天宝年间的盛唐诗歌，有所谓"边塞诗"和"山水田园诗"两大流派。王昌龄、高适和王之涣齐名，都是"边塞诗派"的重要诗人乃至主将。三人在未做官之前处境相似，曾有过一次旗亭赌唱的趣事。唐代薛用弱《集异记》所记甚详。其文曰：

开元中，诗人王昌龄、高适、王之涣齐名。时风尘未偶，而游处略同。

一天，天寒微雪。三人共诣旗亭，贳酒小饮。忽有梨园伶官十数人，登楼会宴。三诗人因避席偎映，拥炉火以观焉。俄有妙妓四辈，寻续而至，奢华艳曳，都冶颇极。旋则奏乐，皆当时之名部也。昌龄等私相约曰："我辈各擅诗名，每不自定其甲乙。今者可密观诸伶所讴，若诗入歌词之多者，则为优矣。"

俄而一伶，拊节而唱曰："寒雨连江夜入吴，平明送客楚山孤。洛阳亲友如相问，一片冰心在玉壶。"昌龄则引手画壁曰："一绝句。"寻又一伶讴之曰："开箧泪沾臆，见君前日书。夜台何寂寞，犹是子云居。"适则引手画壁曰："一绝句。"寻又一伶讴曰："奉帚平明金殿开，且将团扇共徘徊。玉颜不及寒鸦色，犹带昭阳日影来。"昌龄则又引手画壁曰："二绝句。"之涣自以得名已久，因谓诸人曰："此辈皆潦倒乐官，所唱皆'巴人下里'之词耳，岂'阳春白雪'之曲，俗物敢近哉？"因指诸妓之中最佳者曰："待此子所唱，如非我诗，吾即终身不敢与子争衡矣。若是吾诗，子等当须列拜床下，奉吾为师。"因欢笑而俟之。

须臾，次至双鬟发声，则曰："黄河远上白云间，一片孤城万仞山。羌笛何须怨杨柳，春风不度玉门关。"之涣即揶揄二子曰："田舍奴，我岂妄哉！"因大谐笑。诸伶不喻其故，皆起诣曰："不知诸郎君何此欢噱？"昌龄等因话其事。诸伶竞拜曰："俗眼不识神仙，乞降清重，俯就筵席。"三子从之，饮醉竟日。

此事后来被演绎成明清时期的杂剧、传奇多种，这里采录的《旗亭赌唱图》即为明刊本佚名作者杂剧《旗亭宴》的插图。

琉璃堂人物图
五代·周文矩

盛唐诗人王昌龄（698—756），字伯安，太原（今属山西）人。诗作句奇格妙，雄浑自然，尤擅七绝，人称"七绝圣手"。

王昌龄在江宁县丞任所的琉璃堂厅前，常与诗友聚会吟唱，《琉璃堂人物图》即描绘这一场景。全图共十一人：士人七，僧一，侍者三。此处截录画的前段，正面穿黑衣、左手外指的当是主要人物王昌龄，右边倚松的为诗人李白。

据传，此图的中、后段宋摹本，题为《文苑图》，但有人指出与前段并非同一幅画作。

王昌龄《望月》诗意图
明刊本《唐诗画谱》

王湾《次北固山下》诗意图
明刊本《十竹斋笺谱》

王湾《次北固山下》诗轶事

诗人王湾（生卒年不详），洛阳（今属河南）人。虽诗名早著，但为人称赏的好诗不过一二首。他游览吴地时，写下了《次北固山下》一诗，其中"海日生残夜，江春入旧年"一联，为前代诗人少有。燕国公张说亲手将其题写于宰相政事堂，"每示能文之士，令为楷式"（唐·殷璠《河岳英灵图》）。《次北固山下》全诗如下。

次北固山下

王 湾

客路青山外，行舟绿水前。潮平两岸阔，风正一帆悬。
海日生残夜，江春入旧年。乡书何处达，归雁洛阳边。

2. 孟浩然

孟浩然画像
清·上官周《晚笑堂画传》

孟浩然石刻像

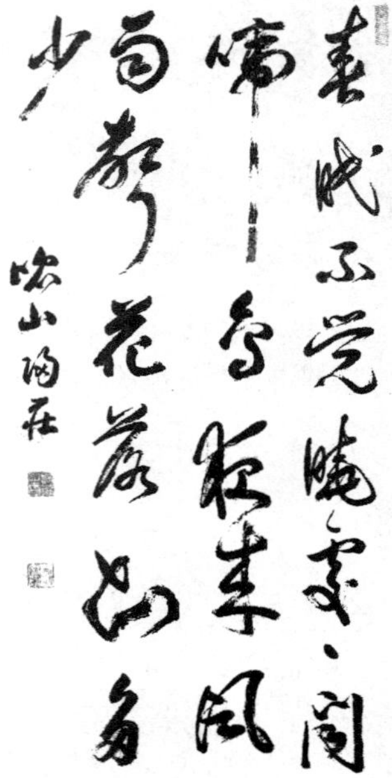

《春晓》诗草书帖
明·归庄

春　晓

唐·孟浩然

春眠不觉晓，处处闻啼鸟。
夜来风雨声，花落知多少？

孟浩然《春晓》诗意图　清·钱慧安

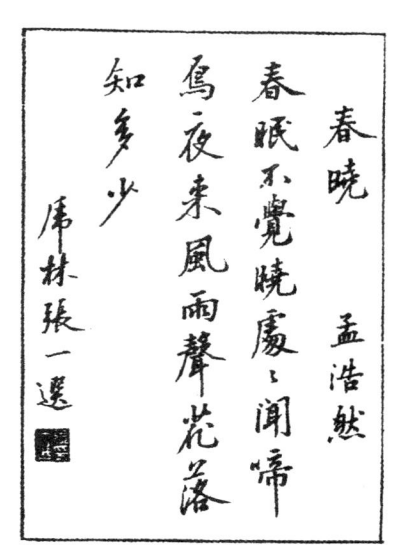

春晓　孟浩然

春眠不觉晓，处处闻啼鸟。夜来风雨声，花落知多少。

犀林张一选

《春晓》诗意图并书
清刊本《诗画舫》

八、盛唐诗文

195

3. 王 维

王维画像
清·上官周《晚笑堂画传》

王维画像
清刊本《三十六诗仙图》

辋川图
南宋·佚名

王维集诗《辋川集》，自画山水《辋川图》

辋川位于今陕西西安蓝田县的西南，是秦岭北麓的一条秀美川道。王维晚年在蓝田辋口得初唐著名诗人宋之问蓝田别墅，改筑别业，即隐居于此，悠然淡泊。曾集其所作诗，号为《辋川集》，并自画辋川山水为《辋川图》。《辋川图》绘群山环抱中的别墅，由墙廊围绕，形似车辋。墅外蓝河蜿蜒流淌，有小舟载客而过。意境淡泊、悠然超尘，是王维为数不多的青绿重彩画作之一。《辋川图》现藏于日本圣福寺，后人考订为唐代摹本。

《辋川图》画卷，山谷郁郁盘盘，云水飞动，意出尘外，悟生笔端。不仅是一幅可谓烟云供养的杰作，甚至可以用来养性疗病。宋代著名词人秦观在《书辋川图后》（《淮海集》卷三十四）中，就记叙了他用《辋川图》治病的事例。

有一年，秦观在河南汝阳得了肠胃病，一位姓高的朋友送来《辋川图》为他治病。秦观朝夕欣赏这幅名画，好像呼吸着辋川的清新空气，在辋川优美的自然山水中徜徉。不久，病就好了。

4. 王维诗歌

《田园乐》诗意图　明刊本《唐诗画谱》

图中绘出竹下抚琴的王维。原诗如下：

竹里馆

唐·王维

独坐幽篁里，弹琴复长啸。
深林人不知，明月来相照。

《竹里馆》诗意图　明刊本《唐诗画谱》

《终南别业》诗意图　近代·马骀

画的左上角题全诗为：

中岁颇好道，晚家南山陲。兴来每独往，胜事空自知。行到水穷处，坐看云起时。偶然值林叟，谈笑无还期。

红豆

唐·王维

红豆生南国，春来发几枝。
愿君多采撷，此物最相思。

《红豆》诗意图 清·胡锡珪

《九月九日忆山东兄弟》诗意图　清·石涛

桃花源诗书帖　明·何焯

八、盛唐诗文

王维"闲户著书岁月多,种松皆作老龙鳞"诗意图
明·陈裸

5. 高适、崔颢、刘长卿、岑参和金昌绪

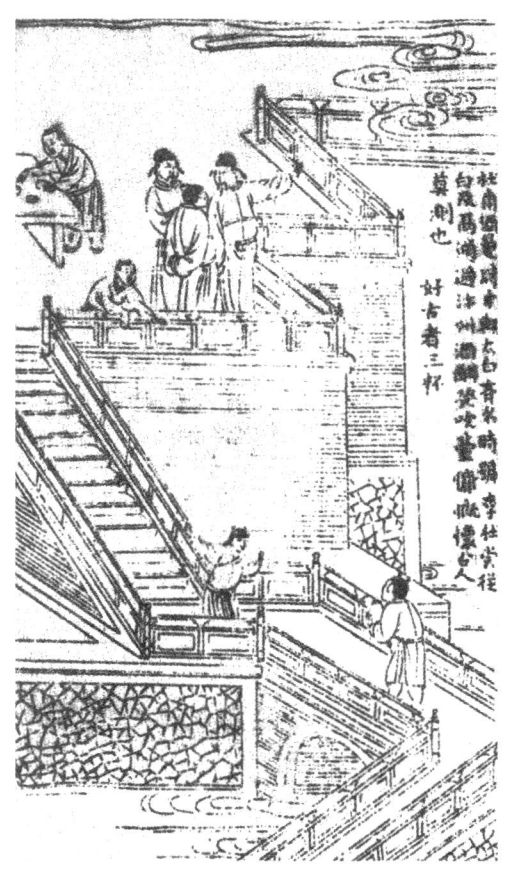

高适过汴州，与李白、杜甫等酒酣登吹台图
明刊本《酣酣斋酒牌》

高适（704—765），字达夫，沧州渤海县（今河北景县）人。官至刑部侍郎、散骑常侍，封渤海县侯，世称"高常侍"。有《高常侍集》，存诗二百余首。

高适长于七古，尤以七言歌行为佳。风格豪放粗犷、古朴自然，是盛唐边塞诗的主将；与岑参齐名，并称"高岑"。

天宝三年，高适过汴州，与李白、杜甫等相聚。游梁园、登吹台，发思古之幽情，抒胸中之块垒。

高适《听张立本女吟》诗意图
明刊本《唐诗画谱》

古黄鹤楼图
明·安正文

黄鹤楼

唐·崔颢

昔人已乘黄鹤去,此地空余黄鹤楼。黄鹤一去不复返,白云千载空悠悠。晴川历历汉阳树,芳草萋萋鹦鹉洲。日暮乡关何处是?烟波江上使人愁。

崔颢(705—754),汴州(今河南开封)人。明人辑有《崔颢集》。其传诵最广的代表作当是被誉为"黄鹤楼绝唱"的《黄鹤楼》诗。

黄鹤楼相传始建于三国吴黄武二年(223),故址在湖北武昌蛇山黄鹄(鹤)矶上,因此得名(亦有说因仙人或蜀人黄文祎乘鹤登仙,经过此地,因建楼得名)。历代屡毁屡建,1985年新建黄鹤楼于蛇山山头。登楼可以俯临长江、汉水,放眼千里之外,极为壮观。崔颢这首诗既写黄鹤楼的传说,又写远眺景物,并由此而生思乡之情,境界开阔,气势雄大,情景交融,自然超妙,在当时就极负盛名。传说李白登黄鹤楼,本拟题诗,看见崔颢这首诗,慨叹道:"眼前有景道不得,崔颢题诗在上头。"因而作罢。(见《唐才子传》)此虽为传说,但这确实是一首"擅千古之奇"的览胜名作。宋代著名文艺批评家严羽就曾说:"唐人七言律诗,当以崔颢《黄鹤楼》为第一。"当代有学者依据一定的标准对唐诗进行排行统计,结果,《黄鹤楼》高居全唐诗的排行榜首(见《唐诗排行榜》,中华书局2011年9月版)。

刘长卿画像
清·上官周《晚笑堂画传》

逢雪宿芙蓉山主人

唐·刘长卿

日暮苍山远,天寒白屋贫。
柴门闻犬吠,风雪夜归人。

刘长卿(生卒年不详)字文房,河间(今属河北)人,卒于随州刺史任上,世称"刘随州"。存《刘随州集》。绝句《逢雪宿芙蓉山主人》描绘了一幅寒山夜宿图,语言精练,含蓄亲切,意味无穷,为世人称赏。

刘长卿《逢雪宿芙蓉山主人》图
明刊本《唐诗画谱》

春　梦
唐·岑参

洞房昨夜春风起，故人尚隔湘江水。
枕上片时春梦中，行尽江南数千里。

岑参《春梦》诗意画

　　岑参（约718—约769），荆州江陵（今属湖北）人。天宝三年（744）举进士，授右内率府兵曹参军，常随军去西部边陲。曾任右补阙、虢州长史、嘉州刺史。边塞诗与高适齐名，并称"高岑"。有《岑嘉州诗集》。

春 怨
唐·金昌绪
打起黄莺儿,莫教枝上啼。
啼时惊妾梦,不得到辽西。

金昌绪(生卒年不详),余杭人。约生活在唐玄宗开元时期,仅存《春怨》诗一首,却使他在唐诗史上立名。

金昌绪《春怨》诗意图
(原图题《弄莺图》)
清·王学浩

九、李白诗文

1. 李白图像及生活情景画

李白画像
清·南熏殿旧藏《圣贤画册》

李白（701—762），字太白。祖籍陇西成纪（今甘肃秦安），出生于中亚碎叶（今巴尔喀什湖南面的楚河流域），五岁随父迁居绵州隆昌（今四川江油）清廉乡，故又号青莲居士。二十五岁出蜀远游，后在湖北安陆成家寓居。三十五岁迁居任城（今山东济宁）。四十二岁被召至京，供奉翰林，三年后即上疏请求还乡。安史之乱时，李白应邀参加永王璘的幕府，因永王璘谋反受牵连，被流放夜郎，行至巫山被赦还。后李白往来于宣城、历阳等地，六十一岁时卒于安徽当涂。

李白是唐代最伟大的诗人之一，其诗作具有惊风雨、泣鬼神的艺术魅力。清人王琦辑注《李太白文集》三十六卷，最为详备，可供参读。

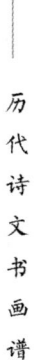

李白
清·上官周《晚笑堂画传》

传说中，李白是在安徽当涂采石矶因酒醉于水中捞月，溺水而亡。

李白自幼嗜酒，年轻时就常与友人于竹林中开怀畅饮，赋诗作乐。《旧唐书·文苑列传》中说，李白曾与鲁中孔巢父、韩准、裴政、张叔明、陶沔诸生，隐于徂徕山，酣歌纵酒，时号"竹溪六逸"。

竹溪六逸图
孙俍工编《中国文艺辞典》
（民智书局1931年版）

《藏云图》取材于李白以瓶藏云的典故。此为图的中段，画李白盘腿坐于四轮盘车上，缓行于山路中。他仰头凝视头顶上之云气，神态安详，闲适潇洒；一僮肩搭牵绳拉车，一僮肩荷竹杖作导引的样子。

藏云图
明·崔子忠

被誉为中国写意人物画稀世珍品的《李白行吟图》，是南宋梁楷减笔描的代表作。图中的李白仰面苍天，缓步吟哦。寥寥数笔，就把一代诗仙豪放不羁、傲岸不驯的飘逸神韵勾画了出来。

李白行吟图　南宋·梁楷

醉太白图　清·苏六朋

醉仙图（李白部分）　清·改琦

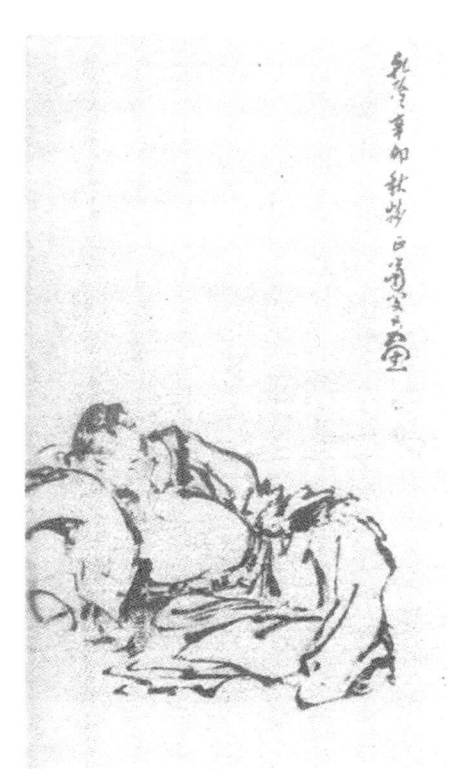

太白醉酒图　清·闵贞

2. "醉圣"应诏作佳词

李白嗜酒,不拘小节,然沉酗中所撰之文章,未尝错误;而与不醉之人相对议事,皆不出太平所见,时人号为"醉圣"。

——《开元天宝遗事》

李白醉酒应诏作《清平调三章》

开元年间,唐玄宗令太监移植牡丹(木芍药)于沉香亭前,与杨贵妃共同欣赏。又命宫廷乐师李龟年,持金花笺召李白作新词以歌之。时李白正大醉,太监以冷水洒面,他才稍稍清醒,于是提笔作《清平调三章》。

事见《唐诗纪事》《太真外传》等书所记。明代佚名作者杂剧《沉香亭》即演绎此事。

宋初乐史《太真外传》记说甚详:

开元中,禁中重木芍药,即今牡丹也。得数本红、紫、浅红、通白者,上因移植于兴庆池东、沉香亭前。会花方繁开,上乘照夜白,妃以步辇从。诏选梨园子弟中尤者,得乐一十六色。李龟年以歌擅一时之名,手捧檀板,押众乐前,

"醉圣"应诏
明刊本《酣酣斋酒牌》

将欲歌之。上曰:"赏名花,对妃子,焉用旧乐为?"遽命龟年持金花笺,宣赐翰林学士李白立进《清平乐词》三章。白承旨,宿醒未解,因援笔赋之。龟年捧词进。上命梨园子弟略约词调,抚丝竹,遂促龟年以歌之。

又,唐代孟棨《本事诗·高逸》则有李白酒醉奉诏作《宫中乐八首》的事记:

(玄宗)尝因宫人行乐,谓高力士曰:"对此良辰美景,岂可独以声伎为娱?倘时得逸才词人吟咏之,可以夸耀于后。"遂命召白。时宁王邀白饮酒,已醉。既至,拜舞颓然。上知其薄声律,谓非所长,命为《宫中行乐》五言律诗十首。白顿首曰:"宁王赐臣酒,今已醉,倘陛下赐臣无畏,始可尽臣薄技。"上曰:"可。"即遣二内臣掖扶之,命研墨濡笔以授之,又令二人张朱丝栏于前。白取笔抒思,略不停缀,十篇立就,更无加点。笔迹遒利,凤峙龙拏。律度对属,无不精绝。

清平调三章

唐·李白

云想衣裳花想容,春风拂槛露华浓。

若非群玉山头见,会向瑶台月下逢。

《清平调》诗意图
清·苏六朋

一枝红艳露凝香，云雨巫山枉断肠。
借问汉宫谁得似，可怜飞燕倚新妆。

名花倾国两相欢，常得君王带笑看。
解释春风无限恨，沉香亭北倚阑干。

沉香亭图
清·袁江

3.《蜀道难》诗意图

贺知章金龟换酒待李白

《蜀道难》本乐府《瑟调曲》篇名，歌词内容大多写入蜀山路的艰难。南朝梁时，简文帝萧纲、刘孝威等都曾写过。历代以此为题的诗作中，当以李白所写最为出色，想象丰富，感情激越，笔力雄健，音调铿锵，是李白浪漫主义诗风的代表作。

据载，李白初到京师，贺知章闻其名，"首访之"，就是因称叹其《蜀道难》，而留下了一段金龟换酒的佳话。对此，李白是极以为荣的。他在《对酒忆贺监》诗序中说："太子宾客贺公，于长安紫极宫一见余，呼余为谪仙人，因解金龟换酒为乐。"（金龟，唐代三品以上官员的一种佩饰，此处泛指佩戴的珍贵杂玩。）

唐代孟棨《本事诗·高逸》所记较为详尽：

"李太白初自蜀至京师，舍于逆旅。贺监知章闻其名，首访之。既奇其姿，复请所为文。出《蜀道难》以示之。读未竟，称叹者数四，号为谪仙，解金龟换酒，与倾尽醉。期不间日，由是称誉光赫。"

后人以《蜀道难》为题的画

剑阁图
明·仇英

作甚多，有的虽不一定纯粹是为李白诗意作画，但受其影响则是肯定的。有趣的是，清代罗聘在画作题识中说，他未到过剑阁，为作画而展读李诗，"戏成"《剑阁图》。

罗聘据诗图《剑阁》

清代画家罗聘的《剑阁图》是一幅优秀的山水画作。画的顶端画家题词曰：

"水屋先生将入蜀赴简州任，索予作剑阁图。噫，予何从而得睹剑阁之状哉。因展太白《蜀道难》一篇读之，戏成此纸，然不过予意中之剑阁耳。先生诗画雄于北地，从此历险碜、经奇崖，不妨寓于目而会于心，作一巨幅以寄我，使我神游于卷轴间，见剑阁见先生也。两峰弟罗聘。"

图的上方画峻岭、雄关，通以栈道；下为客店、行旅，笔法苍逸、设色浓郁，被视为罗聘的精心之作。

《剑阁图》据《蜀道难》诗想象摹拟创作，成功地画出了蜀道的险难，表现了画家杰出的绘画才能，也说明诗作形象生动鲜明，极富感人的艺术魅力。

剑阁图
清·罗聘

蜀道图　明·谢时臣　　　　　蜀道难　清·陆恢

4. 望庐山瀑布和登金陵凤凰台

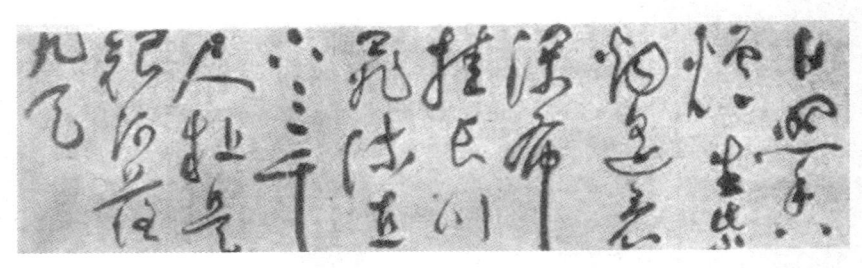

《望庐山瀑布》诗草书帖　明·祝允明

江西九江市南的庐山，风景奇秀，诸多胜景，香炉峰瀑布即为其一。李白大约是在出蜀后的第二年（开元二十四年），游庐山时写下了这首千古名诗。诗作手法夸张，比喻生动。难怪宋代大诗人苏轼要说："帝遣银河一派垂，古来难有谪仙词。"（宋代《韵语阳秋》）其诗曰：

　　日照香炉生紫烟，
　　遥看瀑布挂前川。
　　飞流直下三千尺，
　　疑是银河落九天。

《望庐山瀑布》诗意图
清·高其佩

《望庐山瀑布》图　明·谢时臣

《登金陵凤凰台》诗意图
清·林瑞生

《登金陵凤凰台》诗句书联
明·董其昌

李白作《登金陵凤凰台》诗轶事

崔颢《黄鹤楼》诗，是一首"擅千古之奇"的览胜名作。相传李白登临黄鹤楼时，亦欲作诗；但读到崔诗后，即说："眼前有景道不得，崔颢题诗在上头。"因而搁笔。李白后来到了金陵凤凰台（故址在今南京凤凰山），仿崔诗而作《登金陵凤凰台》诗。后人评之曰："全摹崔颢黄鹤楼，而不及崔诗之超妙。"其实李白搁笔，实无其事（清代湖北籍学者陈诗有可信考证），贬抑李诗也失之偏颇。李白此诗意旨深远、成韵天然、流畅清丽，实为李诗、乃至唐诗中的上乘之作。

登金陵凤凰台

唐·李白

凤凰台上凤凰游,凤去台空江自流。
吴宫花草埋幽径,晋代衣冠成古丘。
三山半落青天外,二水中分白鹭洲。
总为浮云能蔽日,长安不见使人愁。

5. 其他诗作书帖

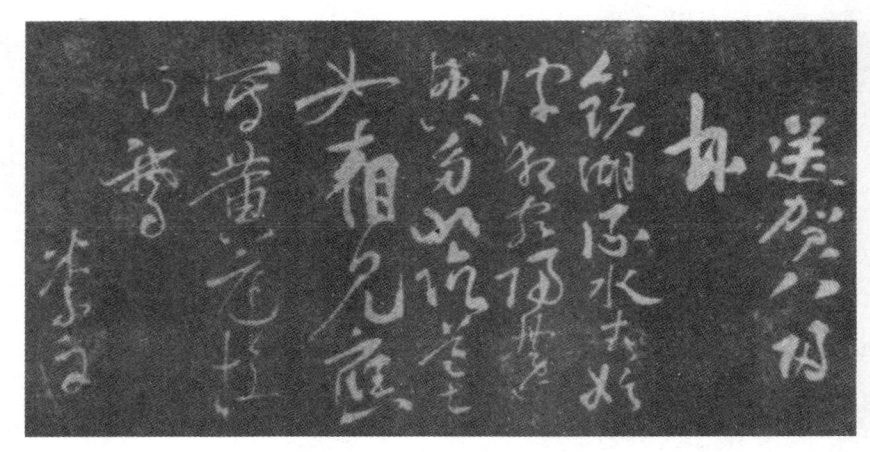

自书《送贺八归越》诗手迹　唐·李白

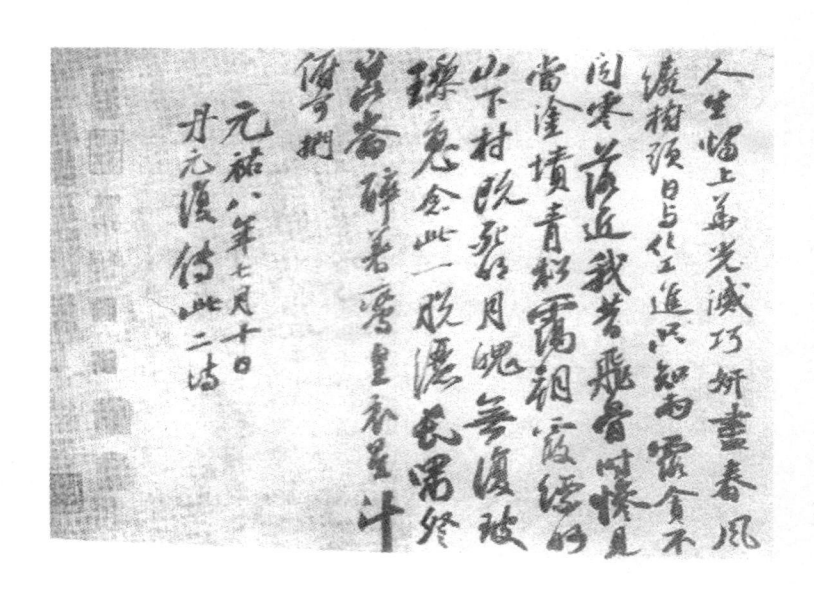

李白诗行书帖及跋语　宋·苏轼（诗帖）　金·蔡松年（跋语）

太白忆旧游诗草书帖　宋·黄庭坚

相传李白于天宝十四年（755）游历安徽泾县桃花潭时，结识了附近的村民汪伦。汪伦以美酒相待，李白临别时即写此诗相赠。诗曰：

　　李白乘舟将欲行，忽闻岸上踏歌声。
　　桃花潭水深千尺，不及汪伦送我情。

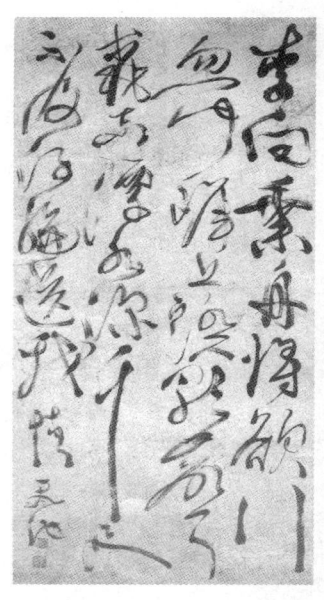

《赠汪伦》诗草书帖
明·徐渭

长干行

　　妾发初覆额，折花门前剧。郎骑竹马来，绕床弄青梅。
　　同居长干里，两小无嫌猜。十四为君妇，羞颜未尝开。
　　低头向暗壁，千唤不一回。十五始展眉，愿同尘与灰。
　　常存抱柱信，岂上望夫台。十六君远行，瞿塘滟滪堆。
　　五月不可触，猿声天上哀。门前迟行迹，一一生绿苔。
　　苔深不能扫，落叶秋风早。八月蝴蝶黄，双飞西园草。
　　感此伤妾心，坐愁红颜老。早晚下三巴，预将书报家。
　　相迎不道远，直至长风沙。

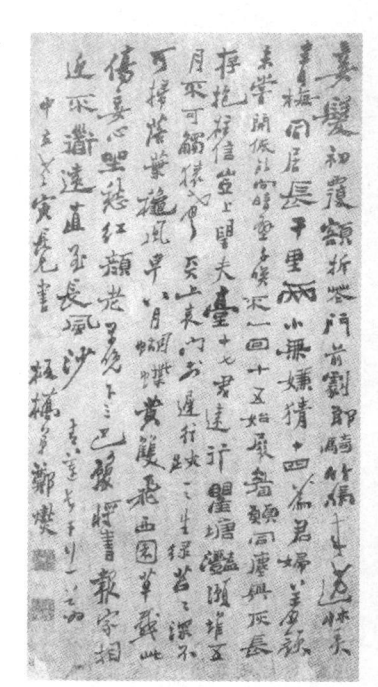

《长干行》诗书帖
清·郑燮

听蜀僧濬弹琴

唐·李白

蜀僧抱绿绮,西下峨眉峰。
为我一挥手,如听万壑松。
客心洗流水,馀响入霜钟。
不觉碧山暮,秋云暗几重。

李白《听蜀僧濬弹琴》书帖　清末石刻

6. 其他诗作诗意画

李白诗《王右军》诗意画
明·杜堇《古贤诗意图》

《峨眉山月歌》诗意画
明刊本《唐诗画谱》

唐玄宗开元十三年（725），李白二十五岁，离开故乡蜀中外出远游，途中写下了这首《峨眉山月歌》寄友人。短短四句二十八字，连用五个地名，但浑然天成，毫无痕迹；只觉神静凄婉，气机流畅，可见年轻诗人天资聪颖而又功力老到。诗曰：

  峨眉山月半轮秋，影入平羌江水流。
  夜发清溪向三峡，思君不见下渝州。

《醉兴》诗意画
明刊本《唐诗画谱》

醉 兴

唐·李白

江风索我狂吟，
山月笑我酣饮。
醉卧松竹梅林，
天地藉为衾枕。

"静夜思"即寂静之夜引起的思念。月夜思乡这个中国传统的心理情结，被诗人用寻常口语写出，既纯真天然又含蓄深沉，所以这首诗千百年来一直为人传诵不衰。

静夜思

唐·李白

床前明月光，疑是地上霜。
举头望明月，低头思故乡。

《静夜思》诗意画
清·石涛

黄鹤楼为古代名楼，址在今湖北武汉面临长江的蛇山黄鹄（鹤）矶上。历代曾屡毁屡建，1985年新建于蛇山山头。广陵，即今江苏扬州。《送孟浩然之广陵》诗写依依送别的情景，但色彩明丽，意境高阔，毫无感伤的情绪。诗曰：

故人西辞黄鹤楼，
烟花三月下扬州。
孤帆远影碧空尽，
唯见长江天际流。

《送孟浩然之广陵》诗意画
清·石涛

《望天门山》这首诗写诗人乘舟东下时，望见的天门山的雄伟气象。四句诗依次写正望、俯望、侧望和远望，井然有序地描绘出了天门山的雄浑壮丽。诗曰：

天门中断楚江开，碧水东流至此回。

两岸青山相对出，孤帆一片日边来。

《望天门山》诗意画　清·石涛

敬亭霁色　清·梅清

敬亭山在今安徽宣城市北，因南朝诗人谢朓常在此登山吟诗而闻名。天宝十二年（753），李白重游宣城时作此诗。鸟飞云去是人世对诗人的厌弃，而相看不厌的只有秀丽的敬亭山，表现了诗人怀才不遇，既对现实不满而又深感孤独寂寞的凄清。画作《敬亭霁色》，着力于雨后天晴敬亭山山色的秀丽；浓密的林木掩映中，或许可以寻找到谢朓登山的足迹，或许能看到李白独坐的身影。《独坐敬亭》诗曰：

　　　　众鸟高飞尽，孤云独去闲。
　　　　相看两不厌，只有敬亭山。

《早发白帝城》诗意画　近代·马骀

把酒问月·故人贾淳令予问之

唐·李白

青天有月来几时，我今停杯一问之。
人攀明月不可得，月行却与人相随。
皎如飞镜临丹阙，绿烟灭尽清辉发。
但见宵从海上来，宁知晓向云间没。
白兔捣药秋复春，嫦娥孤栖与谁邻。
今人不见古时月，今月曾经照古人。
古人今人若流水，共看明月皆如此。
唯愿当歌对酒时，月光常照金樽里。

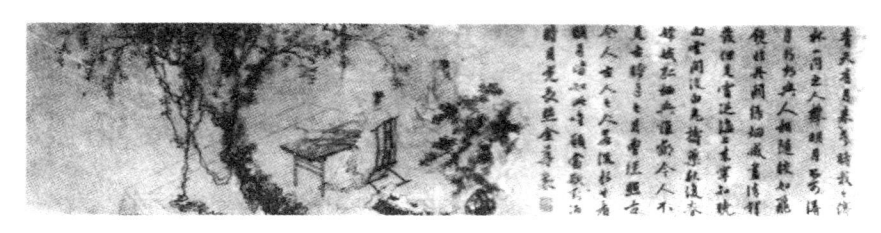

《把酒问月》诗意图　明·杜堇

7. 词及散文书画图

菩萨蛮

唐·李白

平林漠漠烟如织，寒山一带伤心碧。暝色入高楼，有人楼上愁。玉阶空伫立，宿鸟归飞急。何处是归程，长亭更短亭。

《菩萨蛮》词意画
明刊本《诗馀画谱》

《忆秦娥》词意画
明刊本《诗馀画谱》

忆秦娥

唐·李白

箫声咽，秦娥梦断秦楼月。秦楼月，年年柳色，灞陵伤别。乐游原上清秋节，咸阳古道音尘绝。音尘绝，西风残照，汉家陵阙。

箫声咽，秦娥梦断秦楼月。秦楼月，年年柳色，灞陵伤别。乐游原上清秋节，咸阳古道音尘绝。音尘绝，西风残照，汉家陵阙。

平林漠漠烟如织，寒山一带伤心碧。暝色入高楼，有人楼上愁。玉阶空伫立，宿鸟归飞急。何处是归程，长亭更短亭。

太白此词古直，殆难乎继，魏武短歌行。

石庵居士

行书四条屏之二·李白词二首
清·刘墉书

春夜宴桃李园图（局部）
明·仇英

春夜宴桃李园图
清·黄慎

　　《春夜宴从弟桃李园序》仅仅一百多字的短文，却写到了文题中的诸多方面：如烟的春景，如醉的月色，饮宴的欢乐，赋诗作文的雅兴，以及手足兄弟的亲情……张扬着珍惜时光、敬畏自然、热爱生命的积极向上精神。文字不多，却充满了诗情画意，成了画家寄情写意的好题材。仇英画卷，着意于欢宴热烈；焦秉贞扇面，则突出了春夜桃李园之美。文不长，录引如下：

　　夫天地者，万物之逆旅也；光阴者，百代之过客也。而浮生若梦，为欢几何？古人秉烛夜游，良有以也。况阳春召我以烟景，大块假我以文章。会桃李之芳园，序天伦之乐事。群季俊秀，皆为惠连。吾人咏歌，独惭康乐。幽赏未已，高谈转清。开琼筵以坐花，飞羽觞而醉月。不有佳咏，何伸雅怀？如诗不成，罚依金谷酒数。

十、杜甫诗歌

1. 杜甫图像及生活情景画

杜甫画像
清·南熏殿旧藏《圣贤画册》

杜甫画像
明刊本《历代古人像赞》

杜甫画像
明·陈洪绶《博古叶子》

杜甫画像
明·崔子忠《息影轩人物》

杜甫画像
清·上官周《晚笑堂画传》

明·王九思《杜子美沽酒游春》杂剧插图

2. 宋金元时期杜甫诗书帖

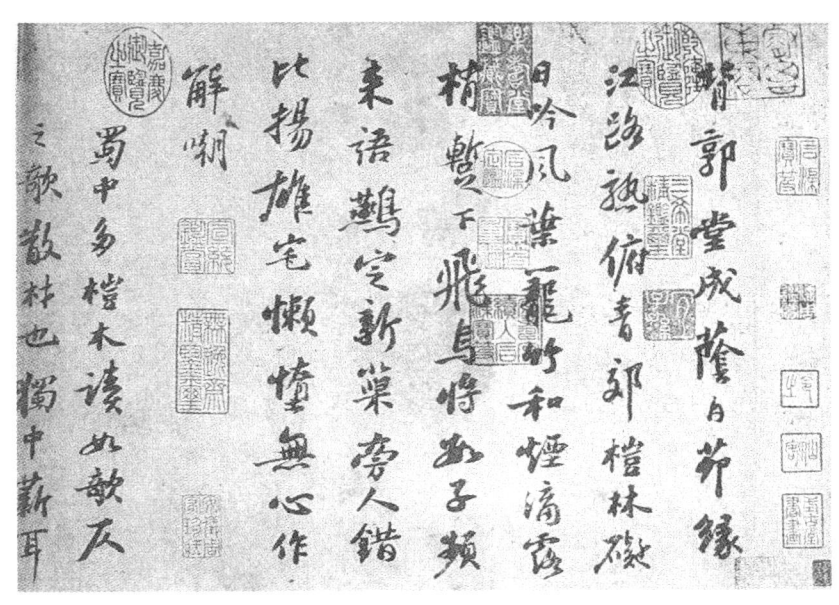

杜甫《桤木》诗行书帖　北宋·苏轼

杜甫《寄贺兰铦》诗书帖　北宋·黄庭坚

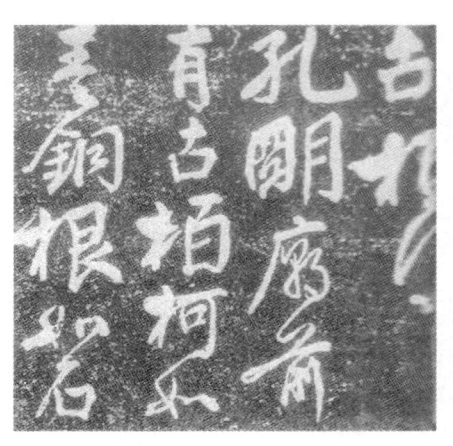

杜甫《古柏行》诗书帖　金·任洵

杜工部《行次昭陵》诗行书帖　元·鲜于枢

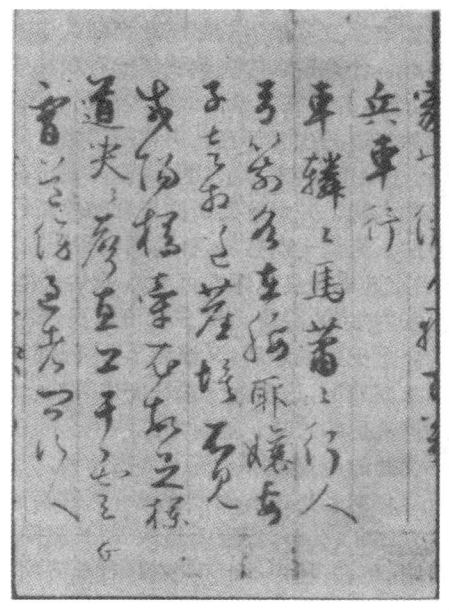

杜甫《兵车行》诗书帖　元·鲜于枢

3. 明清时期杜甫诗书帖

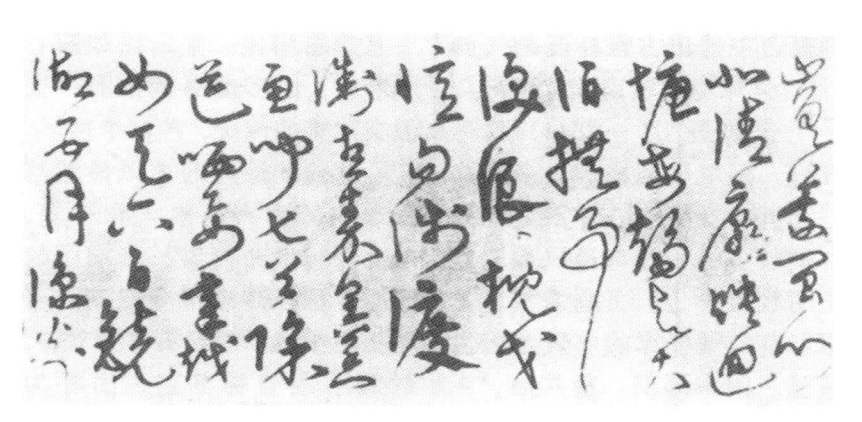

杜甫《壮游》诗草书帖　明·宋克

杜甫《秋兴》八首诗草书帖　明·徐渭

杜甫《院中晚晴怀西郭茅舍》诗草书帖
明·徐渭

杜甫《冬日洛城北谒玄元皇帝庙》诗书帖（局部）
明·董其昌

杜甫《秋意》诗行书帖 明·董其昌

杜甫七律诗草书帖 明·董其昌

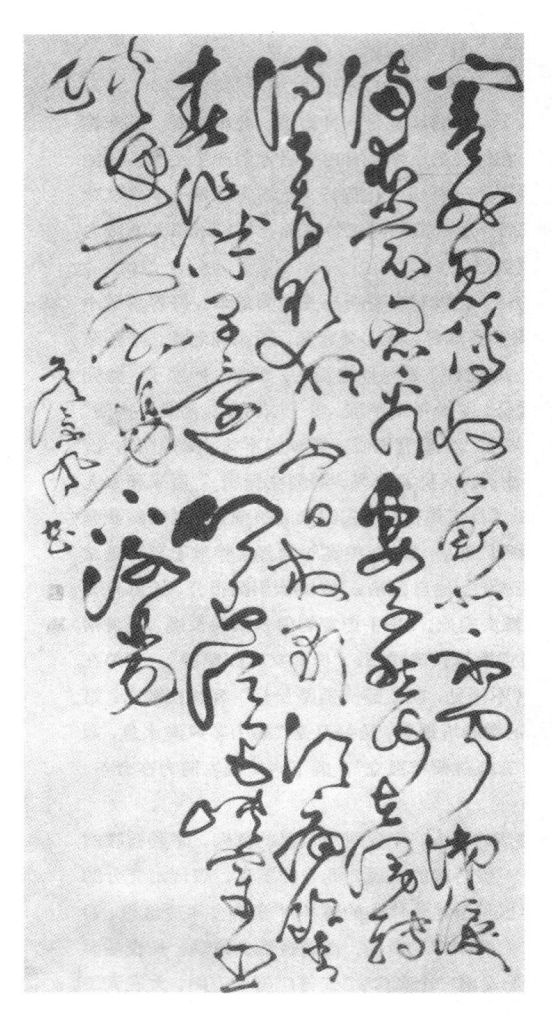

《闻官军收河南河北》草书帖
明·詹景凤

闻官军收河南河北

唐·杜甫

剑外忽传收蓟北，初闻涕泪满衣裳。
却看妻子愁何在，漫卷诗书喜欲狂。
白日放歌须纵酒，青春作伴好还乡。
即从巴峡穿巫峡，便下襄阳向洛阳。

杜甫《晚晴》诗书帖
清·傅山

風急天高猿嘯哀渚清沙白鳥飛
迴無邊落木蕭蕭下不盡長江滾
滾來萬里悲秋常作客百年多病
獨登臺艱難苦恨繁霜鬢潦倒新
停獨酒杯 登高

杜甫《登高》诗楷书帖
清·黄晋良

竊攀屈宋宜方駕
頗學陰何苦用心

杜甫诗句书联
清·刘墉

4. 明清谢时臣、王时敏画杜甫诗意图

"华馆春风起高城"诗意图
明·谢时臣

"栈悬斜避石桥断"诗意图
明·谢时臣

"雪里江船渡"诗意图
明·谢时臣

"竹深留客处,荷净纳凉时"诗意图
明·谢时臣

"竹深留客处，荷净纳凉时"诗意图
明·谢时臣

杜甫《客至》诗意图　清·王时敏

杜甫《秋兴》八首之二诗意图　清·王时敏

《严公仲夏枉驾草堂兼携酒馔得寒字》诗意图
清·王时敏

5. 饮中八仙歌

饮中八仙图　明·杜堇

《饮中八仙歌》诗意图（原画题为《醉饮图》）　明·万邦治

摹李龙眠饮中八仙图　明·唐寅

6. 其他诗作画意图

虢国夫人游春图（杜甫《丽人行》诗意图）
唐·张萱

《虢国夫人游春图》与杜甫诗《丽人行》

　　唐玄宗开元年间，杨贵妃宠极一时，其姐妹亦有才貌，受到唐玄宗的特别恩赏和赐封：大姐为韩国夫人，三姐为虢国夫人，八姨为秦国夫人。"三月三日天气新，长安水边多丽人。"杜甫《丽人行》虽是描写众丽人，着眼点还是"赐名大国虢与秦"，当然也包括韩国在内的三夫人。诗作似工笔彩绘的仕女图，但讽刺

曲江春色图（杜甫《丽人行》诗意图）
宋·佚名

的意味和警示的旨趣是很明显的。

张萱是开元、天宝年间著名的仕女画家,其画作《虢国夫人游春图》亦是描绘的杨氏姐妹(前人考证,画面中的面朝前看的贵妇就是虢国夫人,侧面向她的妇人就是韩国夫人)。画作色彩艳丽,人物神态愉悦从容,颂赞之意与杜诗《丽人行》的讽谕旨趣并不相同。但人们还是将两者对读,以在比较中相互补充。

《曲江春色图》表现《丽人行》诗意

宋代有两幅题为《丽人行》的图作留存。一是著名画家李公麟所作,实际是对唐代张萱《虢国夫人游春图》的临摹,只是设色更华丽,人物形态更显优美。

另一幅就是这幅作者佚名的画作,着力描绘的是开元盛世时长安的曲江春色。

杜甫《观公孙大娘弟子舞剑器行》诗并序,叙说了他于童稚观公孙大娘舞剑器时动人心魄的情景。

公孙大娘舞剑器图　清·焦秉贞

杜甫《陪诸贵公子丈八沟携妓纳凉晚际遇雨》诗意图
南宋·赵葵

雪夜怀友（杜甫《舟中夜雪有怀卢十四侍御弟》诗意图）
明·杜堇

杜甫《舟中夜雪有怀卢十四侍御弟》：
"朔风吹桂水，朔雪夜纷纷。暗度南楼月，寒深北渚云。烛斜初近见，舟重竟无闻。不识山阴道，听鸡更忆君。"

秋兴八景图之一（杜甫《秋兴》诗意画局部）
明·董其昌

江畔独步寻花

唐·杜甫

黄四娘家花满蹊，千朵万朵压枝低。

留连戏蝶时时舞，自在娇莺恰恰啼。

《江畔独步寻花》诗意图
明刊本《唐诗画谱》

客　至

唐·杜甫

舍南舍北皆春水，但见群鸥日日来。花径不曾缘客扫，蓬门今始为君开。盘飧市远无兼味，樽酒家贫只旧醅。肯与邻翁相对饮，隔篱呼取尽余杯。

杜甫《客至》诗意图
清·钱慧安

登岳阳楼

唐·杜甫

昔闻洞庭水,今上岳阳楼。吴楚东南坼,乾坤日夜浮。亲朋无一字,老病有孤舟。戎马关山北,凭轩涕泗流。

"昔闻洞庭水,今上岳阳楼"
(杜甫《登岳阳楼》诗意图盘)

十一、中唐诗文

1. 韦应物、顾况与张志和

韦应物画像
清刊本《吴郡名贤图传赞》

韦应物《滁州西涧》诗意图 明·文徵明

滁州西涧

唐·韦应物

独怜幽草涧边生，上有黄鹂深树鸣。
春潮带雨晚来急，野渡无人舟自横。

韦应物《闲居寄诸弟》诗意图
明刊本《唐诗画谱》

闲居寄诸弟

唐·韦应物

秋草生庭白露时，故园诸弟益相思。
尽日高斋无一事，芭蕉叶上独题诗。

顾况画像
清刊本《吴郡名贤图传赞》

张志和画像

2. 陆贽、崔护、王建和大历十才子

陆贽画像

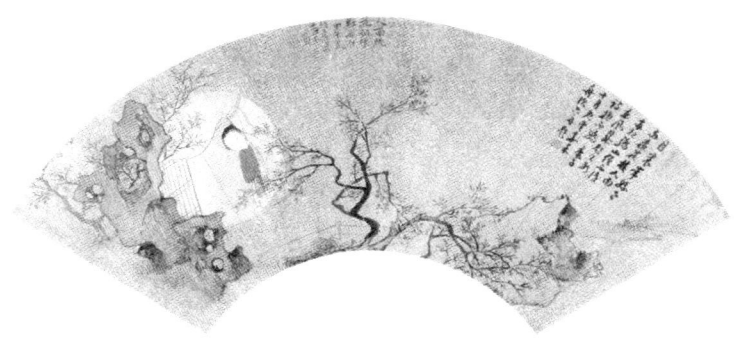

崔护《题都城南庄》诗意图
清·冯箕

王建《十五夜望月寄杜郎中》诗意图
明刊本《唐诗画谱》

十五夜望月寄杜郎中

唐·王建

中庭地白树栖鸦，冷露无声湿桂花。
今夜月明人尽望，不知秋思落谁家？

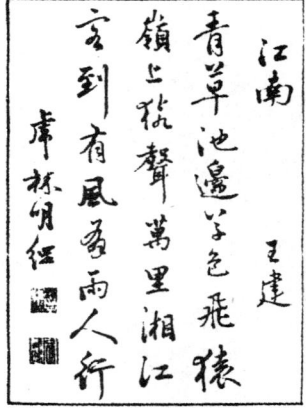

王建《江南》诗意图
清刊本《诗画舫》

"大历十才子",指唐德宗大历年间(766—779)的十位诗人,但所指不一,一般认为有卢纶、钱起、吉中孚、韩翃、李端、司空曙等。

大历十才子图
民国刊本《中国文艺辞典》

3. 韩 愈

韩愈画像
清·南熏殿旧藏《圣贤画册》

韩愈画像
明刊本《历代古人像赞》

韩愈画像　清·上官周《晚笑堂画传》

韩愈《桃源行》诗意图　明·杜堇《古贤诗意图·桃源图》

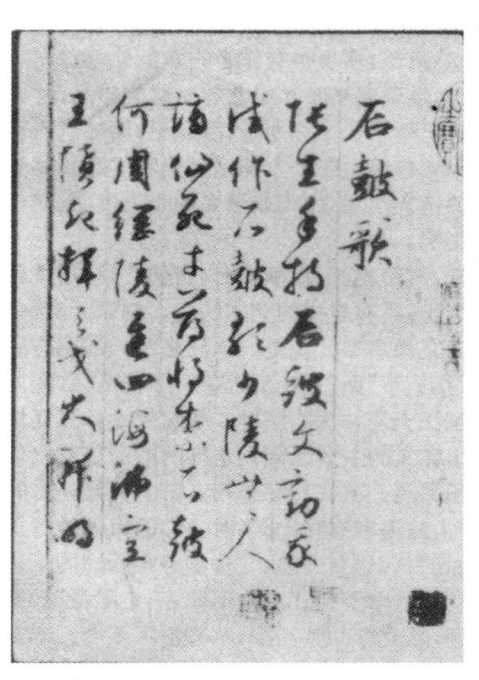

韩愈《石鼓歌》行书帖　元·鲜于枢

韩愈《进学解》行书帖　元·鲜于枢

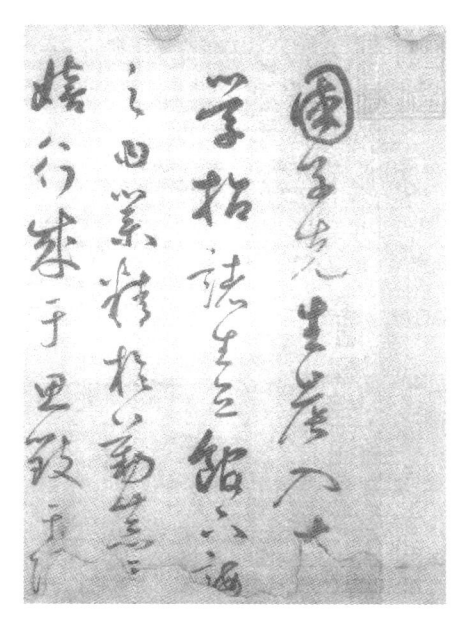

韩愈《送李愿归盘谷序》行书帖（局部） 元·鲜于枢

听颖师弹琴

唐·韩愈

昵昵儿女语，恩怨相尔汝。划然变轩昂，勇士赴敌场。浮云柳絮无根蒂，天地阔远随飞扬。喧啾百鸟群，忽见孤凤皇。跻攀分寸不可上，失势一落千丈强。嗟余有两耳，未省听丝篁。自闻颖师弹，起坐在一旁。推手遽止之，湿衣泪滂滂。颖师尔诚能，无以冰炭置我肠！

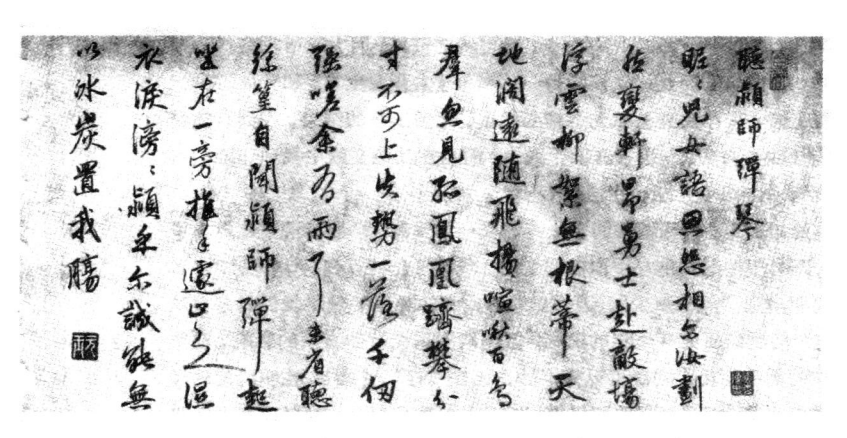

韩愈《听颖师弹琴》诗意画（右段） 明·杜堇《古贤诗意图》

韩愈《听颖师弹琴》诗意画（左段） 明·杜堇《古贤诗意图》

4. 柳宗元

柳宗元画像
明刊本《历代古人像赞》

柳宗元画像
清·上官周《晚笑堂画传》

遣怀

唐·柳宗元

小苑流莺啼画,长门浪蝶翻春。
烟锁颦眉慵饰,倚阑无限伤心。

柳宗元《遣怀》诗意图
明刊本《唐诗画谱》

寒江独钓图　南宋·马远

江雪

唐·柳宗元

千山鸟飞绝,万径人踪灭。
孤舟蓑笠翁,独钓寒江雪。

柳宗元《江雪》诗意图　明·宋旭

寒江独钓图　明·袁尚

5. 刘禹锡和元稹

刘禹锡画像
清·上官周《晚笑堂画传》

《陋室铭》石刻片（清代）
存于安徽和县

陋室铭

唐·刘禹锡

　　山不在高，有仙则名。水不在深，有龙则灵。斯是陋室，惟吾德馨。苔痕上阶绿，草色入帘青。谈笑有鸿儒，往来无白丁。可以调素琴，阅金经。无丝竹之乱耳，无案牍之劳形。南阳诸葛庐，西蜀子云亭。孔子云：何陋之有？

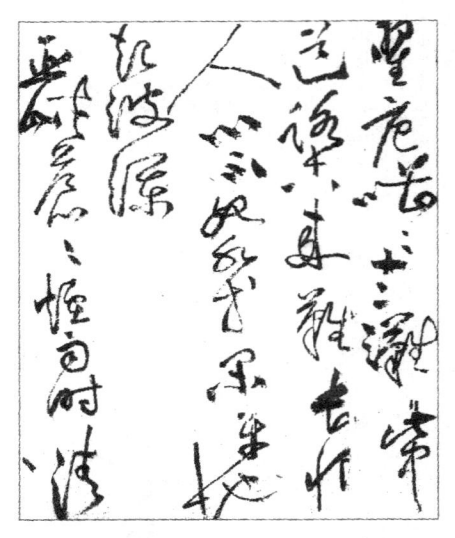

刘禹锡《竹枝词》书帖　宋·黄庭坚

竹枝词其七

唐·刘禹锡

瞿塘嘈嘈十二滩，此中道路古来难。
长恨人心不如水，等闲平地起波澜。

乌衣晚照图　明·佚名

此图画出了石头城（今南京市）朱雀桥东乌衣巷的水乡风光，对照阅读刘禹锡的《乌衣巷》诗，更令人有深沉的今昔之感。

元稹画像　清·上官周《晚笑堂画传》

元稹《菊花》诗意图
明刊本《唐诗画谱》

菊花

唐·元稹

秋丛绕舍似陶家,遍绕篱边日渐斜。
不是花中偏爱菊,此花开尽更无花。

《连昌宫词》诗意图　清·张镐

6. 孟郊、贾岛、李贺、张祜、卢仝和许浑

孟郊画像
民国刊本《中国文艺辞典》

"谁言寸草心，报得三春晖"（扇面）
清·钱慧安

游子吟

唐·孟郊

慈母手中线，游子身上衣。
临行密密缝，意恐迟迟归。
谁言寸草心，报得三春晖。

苦吟诗人贾岛

贾岛（779—843），字琅仙，一作阆仙，范阳（今河北涿县）人。初为僧，以诗拜谒韩愈，得赏识。后还俗，累举不第，五十九岁时为长江县（今四川蓬溪县西）主簿，世称"贾长江"；后迁普州司仓参军。有《长江集》。贾岛长于五律，以清奇苦僻为特征，是著名的苦吟诗人。他曾自道："两句三年得，一吟双泪流。"可见其吟咏之苦了。每年除夕，他都必将一年所作置于几案上，焚香再拜，酹酒祝曰："此吾终年心血也。"痛饮长歌而罢。

贾岛画像
民国刊本《中国文艺辞典》

贾舍人驴背敲诗图　清·任颐

贾岛驴背敲诗撞韩愈

"推敲"一词多用来比喻诗文写作中对字句的斟酌，也用于指行事的再三考虑，反复琢磨。"推敲"即源于贾岛骑驴作诗冲撞韩愈的典故。

贾岛赴京应举时，骑驴外出也作诗，得到"鸟宿池边树，僧敲月下门"两句。又想将"敲"字改为"推"字，犹豫不决，就用手做着推、敲的样子，忘形处冲撞了时任京兆尹大官韩愈的出行仪仗。被质问时，贾岛向韩愈说明了原委，韩愈立马想了一会儿说，用"敲"字为好。（事见唐韦绚《刘公嘉话录》所载《苕溪渔隐丛话》卷十九引录。）北宋阮阅《诗话总龟》记载的原文为：

贾岛推敲

贾岛初赴举，在京师。一日于驴上得句云："鸟宿池边树，僧敲月下门。"又欲"推"字，炼之未定，于驴上吟哦，引手作推敲之势，观者讶之。时韩退之权京兆尹，车骑方出，岛不觉行至第三节，尚为手势未已。俄为左右拥之尹前。岛具对所得诗句，"推"字与"敲"字未定，神游象外，不知回避。退之立马久之，谓岛曰："'敲'字佳。"遂并辔而归，共论诗道，留连累日，因与岛为布衣之交。

然而，在另一则类似的传说中，贾岛就不是这样地幸运。五代王定保《唐摭言》等书中说，贾岛整日苦吟作诗，吃饭、睡觉时也不忘记吟诵或品味诗句。有一天，他骑驴行走在长安大街上，见秋风正猛，黄叶满地，冲口吟出"落叶满长安"一句，颇觉神韵具定，十分得意。就想再吟一句，以成一联。正冥思苦索、忘乎所以之时，却冲撞了京兆尹刘栖楚的侍从，结果被带去衙门关押了一夜后才得以释放。

李贺画像　清·上官周《晚笑堂画传》

张祜（785—849），中唐诗人，存诗三百余首。他曾作诗嘲笑李端端皮肤黑，是"黑妓"。李端端不服，手持白牡丹找张祜评理。画家唐寅佩服端端的胆识，在画中绘出了李端端傲然玉立、从容讲理的鲜明形象。

李端端图　明·唐寅

玉川煮茶图　明·丁云鹏

卢仝（795—835）号玉川子，工诗，有《茶歌》多首流传。

咸阳城东楼

唐·许浑

一上高楼万里愁,蒹葭杨柳似汀洲。溪云初起日沉阁,山雨欲来风满楼。鸟下绿芜秦苑夕,蝉鸣黄叶汉宫秋。行人莫问当年事,故国东来渭水流。

许浑(791—858)字用晦,一作仲晦,寓居润州(今属江苏)。曾官睦、郢二州刺史。唐代诗人,长于律体,多登临怀古之作。有《丁卯集》。

山雨欲来图　明·张路

十二、白居易诗歌

1. 白居易图像及生活情景画

白居易画像　清·南熏殿旧藏《圣贤画册》

白居易画像　清·上官周《晚笑堂画传》

白居易石刻像　明《绍兴郡斋圣贤图》

《香山四乐图之解妪》　明·陈洪绶

　　香山四乐指解妪、醉吟、讲音和逃禅。南生鲁实为诗人自指，所以，《南生鲁四乐图》也有题为《香山四乐图》的。（白居易晚年居洛阳，与香山僧人如满结香火社，自号香山居士。）

　　"四乐"之一的"解妪"，指写诗以老妇人听得懂为乐。宋代惠洪《冷斋夜话》卷一中说："白乐天每作诗，令一老妇解之。问曰：解否？妇曰解，则录之；不解，则易之。故唐末之诗，近于鄙俚。"

鸟窠指说图　宋·梁楷

白居易任杭州刺史时，曾向鸟窠禅师道林问道。图绘道林禅师悬坐于斜卧的枯树之上，白居易躬身行礼，以表心感神悟。

九老会

白居易晚年闲居洛阳。唐武宗会昌五年（845），七十四岁的白居易，经常与一些退休在家而又高寿的老友唱和宴游、饮酒作诗，很是高兴。当年三月二十四日，众人在白居易的住处履道坊成立了一个尚齿之会（尚齿，尊崇老人）。七位老人兴致都很高，每人写了七言六韵一章（《全唐诗》中均题为《七老会诗》），以抒情怀并志记念。这年夏天，又有两位老人回到洛阳，加入此会。于是找画工画两人图像，并写上姓名与年龄，与原来的七人图像合为《九老图》。九人之中，七十四岁的白居易年龄最小，而最年长的洛中遗老李元爽，已是高寿一百三十六岁。如此聚会，世上少有，实在难得。

白居易写有《九老图诗》七绝一首，诗前长序叙说了九老会的详情。《四库全书》收录有《香山九老诗》。

会昌九老图　明·周臣

2. 琵琶行

《琵琶行》诗意图　明·郭诩

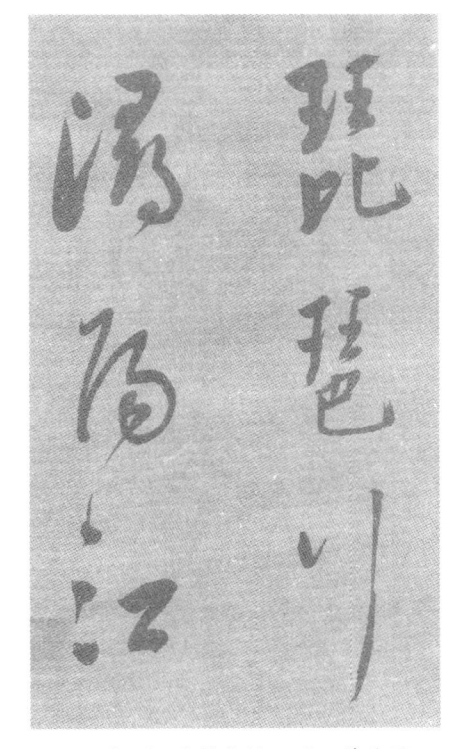

《琵琶行》诗草书帖　明·董其昌

浔阳送别图（《琵琶行》诗意图）　明·仇英

江州司马青衫泪
明刊本《元曲选》插画

江上琵琶　清·吴友如

十二、白居易诗歌

3. 长恨歌

太真入宫 　　沉香宴赏 　　广寒闻乐

荷亭制谱 　　长生密誓 　　驿骑进果

《长恨歌》故事条屏（六幅）　清·佚名

千秋艳绝图·杨玉环　明·佚名

贵妃晓妆图　明·仇英

《长恨歌》诗意图　清·袁江

贵妃出浴图（扇面）　清·李育

4. 其他诗作

卖炭翁

唐·白居易

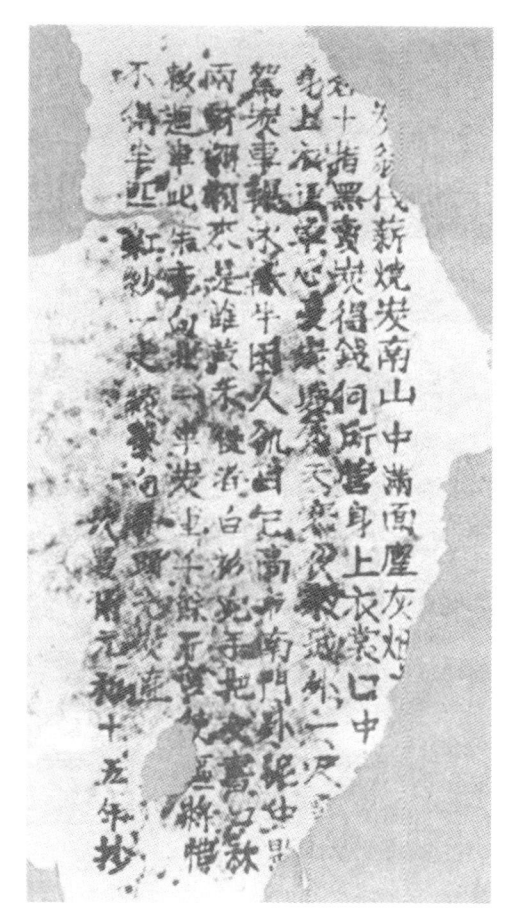

卖炭翁，伐薪烧炭南山中。满面尘灰烟火色，两鬓苍苍十指黑。卖炭得钱何所营？身上衣裳口中食。可怜身上衣正单，心忧炭贱愿天寒。夜来城外一尺雪，晓驾炭车碾冰辙。牛困人饥日已高，市南门外泥中歇。翩翩两骑来者谁？黄衣使者白衫儿。手把文书口称敕，回车叱牛牵向北。一车炭，千余斤，宫使驱将惜不得。半匹红纱一丈绫，系向牛头充炭直。

卖炭翁抄件　唐·坎曼尔（回纥人）

《赋得古原草送别》诗意图　清·罗聘

从"居亦弗易"到"居即易矣"

　　白尚书应举初至京,以诗谒顾著作况。顾睹姓名,熟视白公曰:"米价方贵,居亦弗易。"乃披卷。首篇曰:"咸阳原上草,一岁一枯荣。野火烧不尽,春风吹又生。"即嗟赏曰:"道得个语,居即易矣。"因为之延誉,声名大振。

——《幽闲鼓吹》

赋得古原草送别

唐·白居易

　　离离原上草,一岁一枯荣。野火烧不尽,春风吹又生。远芳侵古道,晴翠接荒城。又送王孙去,萋萋满别情。

问刘十九

唐·白居易

　　绿蚁新醅酒,红泥小火炉。晚来天欲雪,能饮一杯无?

《问刘十九》诗意图
清·胡锡珪

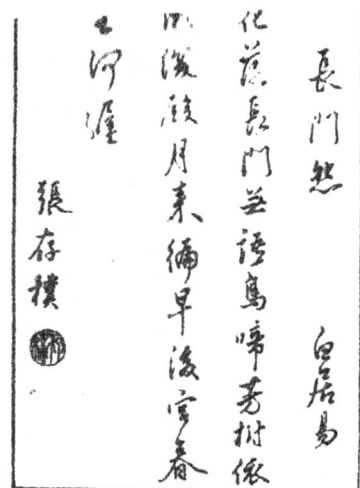

《长门怨》诗意图　清刊本《诗画舫》

《晚秋闲居》诗意图　明刊本《唐诗画谱》

晚秋闲居

唐·白居易

地僻门深少送迎，披衣闲坐养幽情。
秋庭不扫携藤杖，闲踏梧桐黄叶行。

十三、晚唐诗文

1. 杜牧和《山行》诗

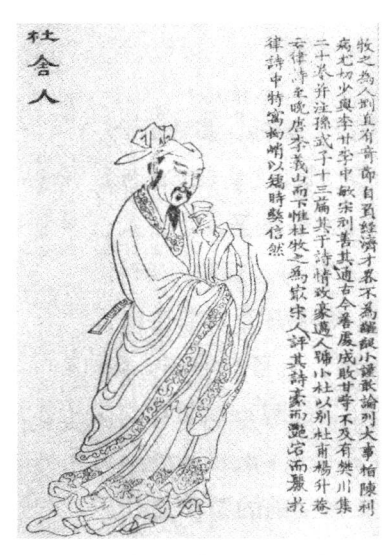

杜牧画像　清·上官周《晚笑堂画传》

山行

　　唐·杜牧
　　远上寒山石径斜，
　　白云深处有人家。
　　停车坐爱枫林晚，
　　霜叶红于二月花。

　　描写和赞美深秋山林景色的小诗《山行》，不仅即兴咏景，而且咏物言志，是诗人内心世界的表露和志趣的追求，成了历代画家热衷的画题。

"停车坐爱枫林晚，霜叶红于二月花"
元·刘贯道

杜牧《山行》诗意图　明·周臣 　　　　杜牧《山行》诗意图　清·赵揆

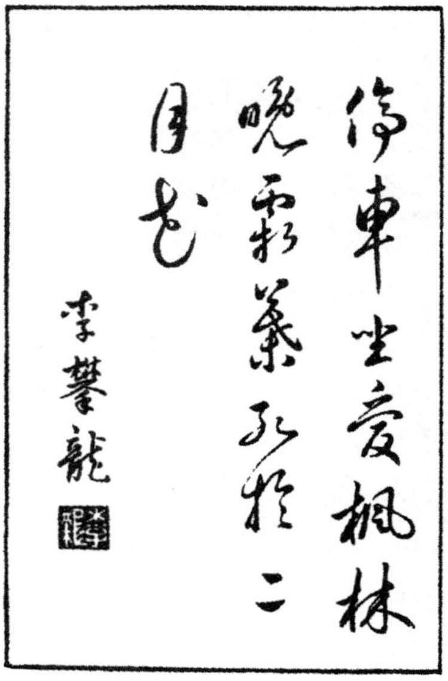

杜牧《山行》诗意图　清刊本《诗画舫》

2. 杜牧其他诗文

《张好好诗》手迹　唐·杜牧

杜牧爱慕扬州太守牛僧孺的义女张好好，于梦中与她相见。后得白文礼说合，两人结为夫妇。插图即绘杜牧酒楼独坐，梦中与张好好相会的情景。

杜牧之诗酒扬州梦图
元·乔吉《扬州梦》杂剧插图

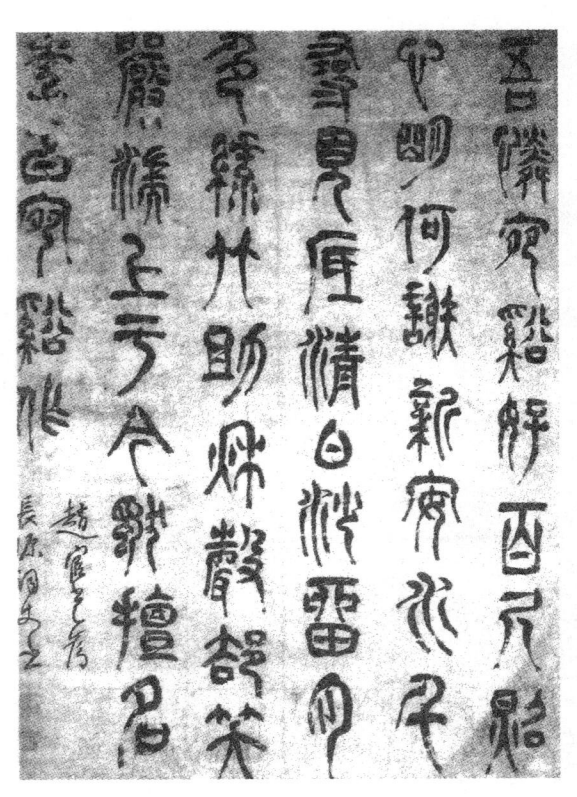

篆书杜牧诗　明·赵宧光

《杜秋娘》诗意图　元·周朗画　元·康里巎巎书

元杂剧《杨贵妃晓日荔枝香》插图

清明

唐·杜牧

清明时节雨纷纷,
路上行人欲断魂。
借问酒家何处有,
牧童遥指杏花村。

杜牧《清明》诗意图(扇面)　清·钱慧安

寄扬州韩绰判官

唐·杜牧

青山隐隐水迢迢,秋尽江南草木凋。
二十四桥明月夜,玉人何处教吹箫。

赤壁

唐·杜牧

折戟沉沙铁未销,自将磨洗认前朝。
东风不与周郎便,铜雀春深锁二乔。

杜牧《寄扬州韩绰判官》诗意图
清·钱慧安

杜牧《赤壁》诗意图 清·费丹旭

阿房宫图　元·夏昶

阿房宫图　清·袁耀

3. 温庭筠和李商隐

温庭筠画像 清·上官周《晚笑堂画传》

商山早行

唐·温庭筠

晨起动征铎,客行悲故乡。
鸡声茅店月,人迹板桥霜。
槲叶落山路,枳花明驿墙。
因思杜陵梦,凫雁满回塘。

温庭筠《商山早行》诗意图
近代·马骀

温庭筠《商山早行》诗意图　清·袁耀

郑燮（板桥）用他独特的六分半书体，将李商隐三首内容相近的绝句，书写成一幅别有意趣的立轴，一般将其标为《唐人绝句轴》。三首绝句诗题和原文如下：

岳阳楼

汉水方城带百蛮，四邻谁道乱周班？如何一梦高唐雨，自此无心入武关！

有感

非关宋玉有微辞，却是襄王梦觉迟。一自高唐赋成后，楚天云雨尽堪疑。

过楚宫

巫峡迢迢旧楚宫，至今云雨暗丹枫。微生尽恋人间乐，只有襄王忆梦中。

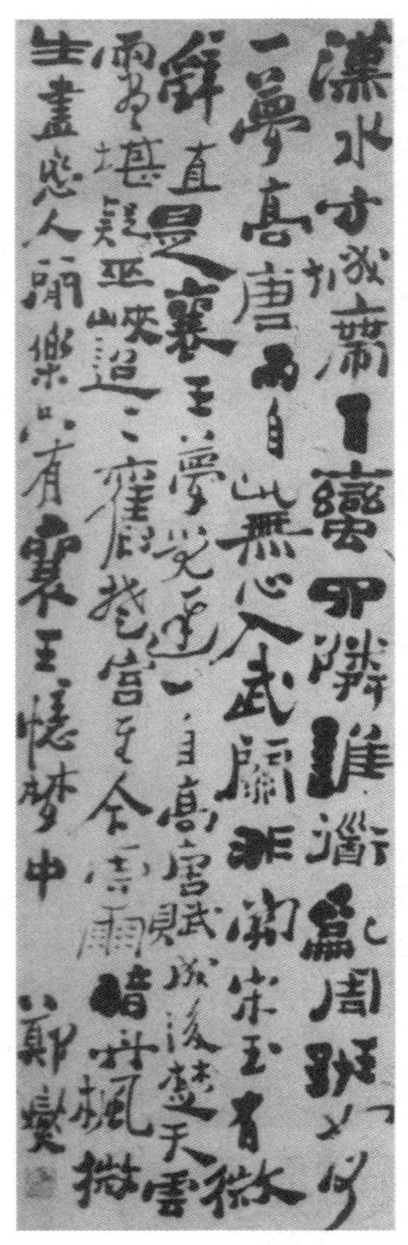

李商隐绝句三首书帖　清·郑燮

李商隐画像　清·上官周《晚笑堂画传》

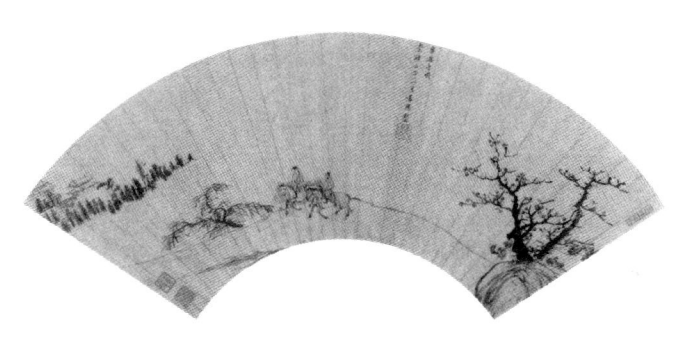

《乐游原》诗意图（扇面）　明·程嘉燧

乐游原

唐·李商隐

向晚意不适，驱车登古原。
夕阳无限好，只是近黄昏。

李商隐《乐游原》诗意图　近代·马骀

4. 唐末五代其他作家诗词

罗隐画像
清刊本《吴郡名贤图传赞》

陆龟蒙画像
清刊本《吴郡名贤图传赞》

杜荀鹤《马上行》诗意图
明刊本《唐诗画谱》

皇甫松《望江南》词意图　清·费丹旭《仕女图册》之七

望江南

唐·皇甫松

兰烬落，屏上暗红蕉。闲梦江南梅熟日，夜船吹笛雨潇潇。人语驿边桥。

李珣《酒泉子》词意图　清·费丹旭

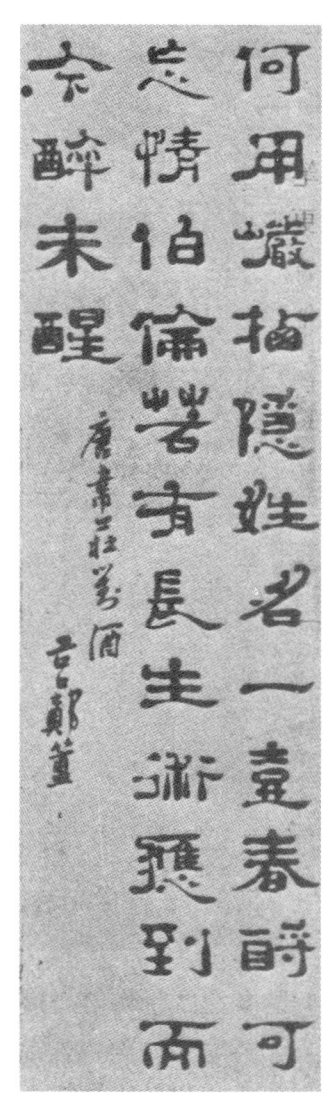

韦庄《对酒》诗隶书帖　清·郑簠　　　韦庄《台城》诗意图　近代·马骀

十三、晚唐诗文

采桑子

五代·冯延巳

小堂深静无人到,满院春风。惆怅墙东,一树樱桃带雨红。
愁心似醉兼如病,欲语还慵。日暮疏钟,双燕归栖画阁中。

冯延巳《采桑子》词意图　近代·吴士鉴

李煜画像　清·南熏殿旧藏《圣贤画册》

5. 踏雪寻梅与驴背诗思

踏雪寻梅与驴背诗思

"遥知不是雪，为有暗香来。"如同驴背诗思一样，诗人踏雪寻梅，追寻的是一种诗兴、诗情、诗意，表现的是文人雅士爱赏风雪、苦心作诗的高洁情致。

明代程羽文《诗本事·诗思》中说："孟浩然诗思在灞桥风雪中驴背上。"明末张岱在《夜航船》里也说，孟浩然情怀旷达，常冒雪骑驴寻梅，曰："吾诗思在灞桥风雪中驴背上。"

灞桥风雪、驴背诗思之说，较早的记叙，见于北宋孙光宪《北梦琐言》卷七。原文为：

雪屐观梅图　南宋·佚名

> 相国郑綮善诗……或曰："相国近有新诗否？"对曰："诗思在灞桥风雪中驴子背上，此处何以得之？"盖言平生苦心也。

灞桥在长安东，时人常于此折柳送别。

郑綮（？—899），在唐末昭宗时，为礼部侍郎同中书门下平章事，即居宰相高位，时人尊称为"相国"。郑綮存诗三首，诗名不扬，但他关于"诗思在灞桥风雪驴背上"的典故，道出了诗歌创作的甘苦，极为后人认同。

踏雪寻梅图　明·戴进

灞桥风雪图　明·吴伟

驴背诗思图　明·徐端本

踏雪寻梅图　明·吴伟

踏雪寻梅图　清·黄慎

灞桥风雪图　清·黄慎

踏雪寻梅图　清·萧晨

十四、北宋诗文

1. 王禹偁、梅尧臣和苏舜钦

王禹偁画像
清刊本《吴郡名贤图传赞》

梅尧臣画像
清刊本《吴郡名贤图传赞》

梅尧臣《题田家语》诗意图
明《御世仁风》

苏舜钦画像
清刊本《吴郡名贤图传赞》

2. 林 逋

梅妻鹤子林和靖

林逋（967—1028），字君复，钱塘（今浙江杭州）人。少孤力学，恬淡好古，诗书俱佳。初放游江淮间，后隐居于杭州西湖孤山，二十年不曾进城。一生不娶，以种梅、养鹤为乐趣，自称"以梅为妻，以鹤为子"，人称"梅妻鹤子"。死后被宋真宗赐封"和靖先生"的谥号，后世尊称他为"林和靖"。"疏影横斜水清浅，暗香浮动月黄昏"，是林逋写梅的千古名句。

林逋石刻像

林和靖梅妻鹤子图
清·任渭长《列仙酒牌》

林和靖画像　民国刊本《中国文艺辞典》

和靖调鹤图　清·黄慎

书和靖林处士诗后　北宋·苏轼

林和靖《孤山隐居书壁》诗意图　明·董其昌

3. 柳 永

柳永与"吊柳会"

柳永（984—1053），字耆卿，原名三变，崇安（今属福建）人。中进士后，曾任屯田员外郎，世称"柳屯田"。后曾在浙江定海等地做过几任小官，死于润州（今江苏镇江）。柳永是词史上第一个大量写作慢词的人，有不同内容不同风格的词作，俚俗之词，为市民喜爱，据说当时"凡有井水饮处，即能歌柳词"（叶梦得《避暑录话》）。柳词最适合"十七八女郎，执红牙板，歌杨柳岸晓风残月"（俞文豹《吹剑录》）。他经常出入于青楼歌馆，为歌儿舞女度曲填词，与她们结下了真挚的友谊。他死时穷困潦倒，歌女们集资为他安葬，并在每年清明祭扫墓地，举行"吊柳会"。

柳永画像

众名姬春风吊柳七图
明刊本《喻世明言》插图

《雨霖铃·秋别》词意图　明刊本《诗馀画谱》

雨霖铃

宋·柳永

　　寒蝉凄切，对长亭晚，骤雨初歇，都门帐饮无绪。留恋处，兰舟催发，执手相看泪眼，竟无语凝噎。念去去，千里烟波，暮霭沉沉楚天阔。

　　多情自古伤离别，更那堪，冷落清秋节。今宵酒醒何处？杨柳岸，晓风残月。此去经年，应是良辰好景虚设。便纵有千种风情，更与何人说？

柳永《雨霖铃》词意图　清·罗聘　　柳永《雨霖铃》词意图　清·任颐

4. 张先与宋祁

张先《一丛花令》词意图

一丛花令

宋·张先

伤高怀远几时穷？无物似情浓。离愁正引千丝乱，更东陌飞絮蒙蒙。嘶骑渐遥，征尘不断，何处认郎踪？　双鸳池沼水溶溶。南兆小桡通。梯横画阁黄昏后，又还是、斜月帘栊。沉恨细思，不如桃杏，犹解嫁东风。

"张三影"（张先）　妙词一句成雅号

张先（990—1078），字子野，乌程（今浙江吴兴）人。曾为晏殊聘为通判，后以尚书都官郎中致仕。

张先擅长填词，名重一时。早年以小令与晏殊、欧阳修并称，后写慢词，又与柳永齐名。张先在词中，多有出色的写"影"之笔，人称"张三影"，他也因此引以为豪。据宋代胡仔《苕溪渔隐丛话·前集》中记载，有客人对张先说："人们都叫您'张三中'，即心中事、眼中泪和意中人。"（此三句，见张先词《行香子》）张先却说："为何不叫'张三影'？"客人不明什么原因。张先说："'云破月来花弄影''娇柔懒起,帘压卷花影''柳径无人,堕风絮无影',这才是我平生最得意的句子。"(此三句,分别见于张先词《天仙子》《归朝欢》和《剪牡丹》)。

张先《一丛花令》词盛传一时。据说,欧阳修为未能认识作者而遗憾不已。一天,张先来到汴京专程拜访欧阳修。欧阳修听到门人通报,高兴得顾不及分清左右,反穿了鞋子去迎接,并连声说:"这就是'桃杏嫁东风'郎中。"

宋祁画像

"红杏尚书"宋祁

宋祁(998—1061),字子京,安州安陆(今属湖北)人。他与欧阳修合修《新唐书》,历时十余年,书成,进为工部尚书,拜翰林学士承旨。宋祁亦能作诗填词,所作《玉楼春》词中,有"红杏枝头春意闹"之句,甚为时人赞赏,固有"红杏尚书"之称。

宋祁十分叹服张先的文才,就率先登门拜访。到了张府,宋祁说:"我要见'云破月来花弄影'郎中。"张先在屏风后听到声音就高喊道:"是不是'红杏枝头春意闹'尚书啊!"马上出来迎接,并摆酒对饮,谈笑尽欢。此事亦见于宋代胡仔《苕溪渔隐丛话·前集》。

玉楼春

宋·宋祁

东城渐觉风光好。縠皱波纹迎客棹。绿杨烟外晓寒轻，红杏枝头春意闹。

浮生长恨欢娱少。肯爱千金轻一笑。为君持酒劝斜阳，且向花间留晚照。

宋祁《玉楼春·春景》词意图
明刊本《诗馀画谱》

画上题识曰："红杏枝头春意闹之句，世人怜之至今。予因写其照于纸，愿以未老之春光，留斯墨汁，非特鲜艳，且傲亦彼冰雪也。钝根原济。"

花卉图（"红杏枝头春意闹"词意画）
清·石涛

5. 晏殊与晏几道、苏洵与苏辙

浣溪沙·春恨

宋·晏殊

一曲新词酒一杯。去年天气旧亭台。夕阳西下几时回？
无可奈何花落去，似曾相识燕归来。小园香径独徘徊。

晏殊画像

晏殊《浣溪沙·春恨》词意图
明刊本《诗馀画谱》

晏殊《寓意》诗意图
明刊本《明解增和千家诗注》插画

晏几道画像

晏几道《临江仙》词意图　清·余集

苏洵画像
清·上官周《晚笑堂画传》

苏辙画像
清·上官周《晚笑堂画传》

6. 周敦颐、曾巩和司马光

周敦颐（1017—1073），北宋哲学家、文学家。字茂叔，道州营道（今湖南道县）人。曾任州县地方官，有政绩；后退居筑室庐山莲花峰下，以营道故居濂溪名之，世称"濂溪先生"。

周敦颐是宋代理学开山鼻祖。他主张"文以载道"（"道"指义理、心理的道德修养），否定了文学的独立性，对后世影响颇大。

周敦颐的《爱莲说》，托物言志，以对莲花的颂赞来表现作者洁身自好、不与世俗同流合污的志趣和理想，是古代流传的散文名篇。

周敦颐画像
清·上官周《晚笑堂画传》

周敦颐《爱莲说》文意图　清·石涛

爱莲说

宋·周敦颐

水陆草木之花，可爱者甚蕃。晋陶渊明独爱菊；自李唐来，世人甚爱牡丹。予独爱莲之出淤泥而不染，濯清涟而不妖，中通外直，不蔓不枝，香远益清，亭亭净植，可远观而不可亵玩焉。

予谓菊，花之隐逸者也；牡丹，花之富贵者也；莲，花之君子者也。噫！菊之爱，陶后鲜有闻。莲之爱，同予者何人？牡丹之爱，宜乎众矣！

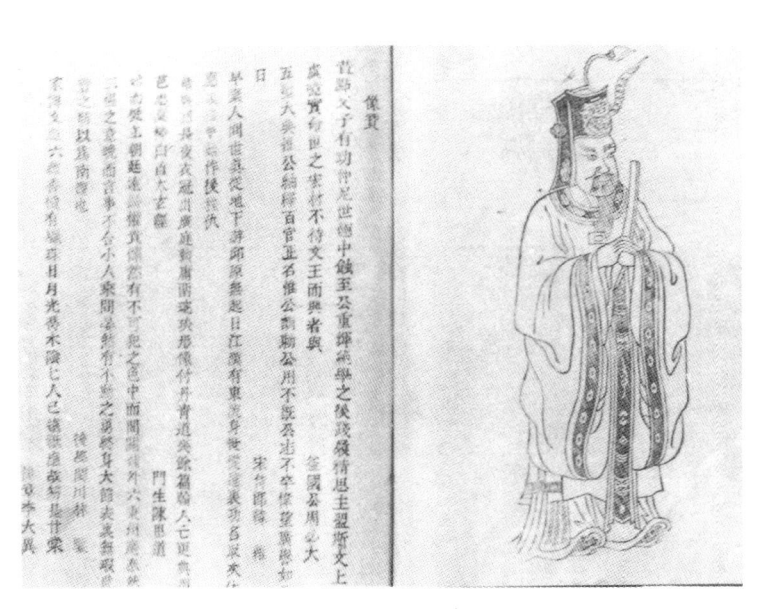

曾巩画像及像赞

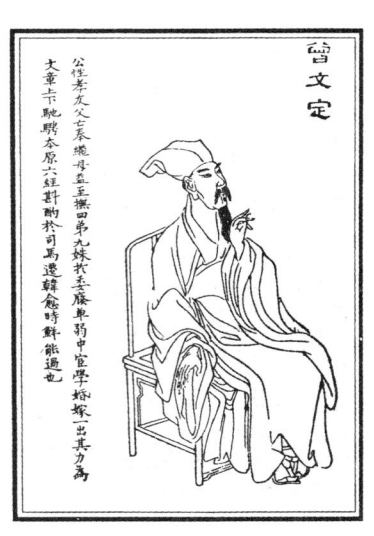

曾巩画像
清·上官周《晚笑堂画传》

司马光画像
明刊本《历代古人像赞》

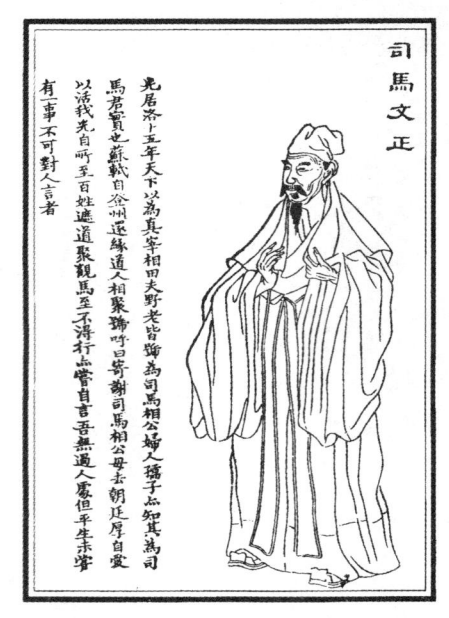

司马光画像 清·上官周《晚笑堂画传》

7. 王安石

王安石画像
清·南熏殿旧藏《圣贤画册》

王安石画像
清·上官周《晚笑堂画传》

桂枝香·金陵怀古

宋·王安石

登临送目，正故国晚秋，天气初肃。千里澄江似练，翠峰如簇。归帆去棹残阳里，背西风，酒旗斜矗。彩舟云淡，星河鹭起，画图难足。

念往昔，繁华竞逐。叹门外楼头，悲恨相续。千古凭高对此，谩嗟荣辱。六朝旧事随流水，但寒烟衰草凝绿。至今商女，时时犹唱，《后庭》遗曲。

《桂枝香·金陵怀古》词意图
明刊本《诗馀画谱》

渔家傲·春景

宋·王安石

平岸小桥千嶂抱,揉蓝一水萦花草。茅屋数间窗窈窕。尘不到,时时自有春风扫。

午枕觉来闻语鸟,欹眠似听朝鸡早。忽忆故人今总老。贪梦好,茫然忘了邯郸道。

《渔家傲·春景》词意图
明刊本《诗馀画谱》

千秋岁引·秋景

北宋·王安石

别馆寒砧,孤城画角,一派秋声入寥廓。东归燕从海上去,南来雁向沙头落。楚台风,庾楼月,宛如昨。

无奈被些名利缚,无奈被他情担阁,可惜风流总闲却。当初漫留华表语,而今误我秦楼约。梦阑时,酒醒后,思量着。

《千秋岁引·秋景》词意图
明刊本《诗馀画谱》

王安石《书湖阴先生壁》诗意图

王安石绝句书帖

清·刘墉 《行书四条屏》之三

8. 西园雅集图

西园雅集图　南宋·马远

西园雅集图事

宋神宗元丰初年（1078），驸马都尉王诜邀苏轼等一批文学家、书画家在他的府第雅集，谓之"西园雅集"。西园，本汉代皇家上林苑的别称，曹操后来在邺都也建有西园。苏轼等16人的西园雅集，据说就是在王诜驸马府的花园。所谓雅集，就是文人墨客互邀相聚、吟诗作文、写字作画，或谈禅论道，或弄琴鉴乐，既有茶酒助兴，又能观花赏景，实在是高雅得很。为了显示"雅"，所以王诜将驸马府花园也以"西园"名之。

北宋著名人物画家李公麟当时也在京师，既参与雅集，也就绘图以记之。米芾并为此特作《西园雅集图记》一文书于图上。

李公麟之后，多有以"雅集"为题的类似作品，现在能见到的最早《西园雅集图》是南宋马远画作的摹本。图中"乌帽黄道服"提笔而书的是苏轼，据卷作画的当是李公麟了。

西园雅集图　明·尤求

西园雅集图　明·陈洪绶

西园雅集图　明·李士达

西园雅集图　清·石涛

西园雅集图 清·华嵒

9. 黄庭坚

黄庭坚画像
明刊本《历代古人像赞》

黄庭坚画像
清·上官周《晚笑堂画传》

黄庭坚石刻像
清人摹刻 翁方纲题词

黄庭坚尊苏轼

黄庭坚是"苏门四学士"之一，苏轼则以朋友待之；黄却是既以苏轼为友，更不忘以苏轼为师。晚年他在家中悬挂苏轼像，每天早上焚香更衣，对像行礼。有人说，苏、黄声望不相上下，黄庭坚忙起身离席避之，说："我只是东坡先生的门生，怎敢失去师生之序哩！"（宋·邵博《邵氏闻见后录》卷一）

苏轼生前与黄庭坚交谊很是深厚。一天，他们同去拜访金山寺住持佛印和尚。佛印拿出桃花酸请二人品赏。三人都吃得大皱其眉，甚为有趣。时人称之为"三酸"。《三酸图》也从此成为画家创作的好题目。

三酸图

《松风阁诗帖》是黄庭坚五十七岁时自书的七言诗，行书，二十九行，现藏台北故宫博物院。字大如小拳，是黄庭坚大字行书的精品。用颜真卿大字笔意，但将其缩短的主笔伸展延长，如长枪大戟，而线条又舒展丰润，可谓典型的辐射式书体。亦见篆书瘦劲婉通的特点，笔画凝练沉着，无轻佻之处。结字如奇峰耸危，却通过整篇的章法布局求得和谐、平缓，表现了黄书晚年的成熟与精到，被视为黄庭坚平生行书第一名作。

松风阁诗帖
宋·黄庭坚

黄庭坚《咏水仙》诗意图
明·杜堇《古贤诗意图》

黄庭坚诗咏水仙托意

　　黄庭坚爱水仙花，存诗中大约有七八首咏水仙的作品。明代画家杜堇所绘《古贤诗意图》九段，分绘李白、杜甫、韩愈等人的诗意；于宋，则专绘黄庭坚《咏水仙》。其诗云："凌波仙子生尘袜，水上轻盈步微月。是谁招此断肠魂，种作寒花寄愁绝。含香体素欲倾城，山矾是弟梅是兄。坐对真成被花恼，出门一笑大江横。"

　　另一篇《次韵中玉水仙花二首》则有一则轶事。

　　黄庭坚被召任吏部副郎。行至荆州，他上疏请求任太平知州，并住下来等待批复。黄庭坚的住处和一妙龄女子相邻。一日，黄偶见其女，以为她的幽静贤淑和美丽动人，皆为平生所未见。后，此女被父母嫁给了贫民，黄庭坚因此作《次韵中玉水仙花二首》诗以托心意。数年后，黄庭坚死在岭南。时逢荆南灾荒，已生有二子的此女，被丈夫卖给了一家田姓的家里为侍女。一日，黄庭坚的一位友人到田家做客，召见此女，已是萎靡憔悴，不再是从前的样子了。谈及往事，众人都感叹不已。黄的友人于是请田家将此女命为"国香"，以成全黄庭坚的意愿。

　　《次韵中玉水仙花二首》之一诗曰："借水开花自一奇，水沉为骨玉为肌。暗花以压酴醾倒，只此寒梅无好枝。"

黄庭坚《鹧鸪天·渔父》词意图
明刊本《诗馀画谱》

《踏莎行》词意图
明刊本《诗馀画谱》

10. 秦 观

"山抹微云秦少游"

秦观（1049—1100），字少游，号淮海居士，扬州高邮（今属江苏）人。曾官秘书省正字兼编修官，后被连续贬至通州、处州、郴州、横州和雷州等地。词作纤巧柔弱，多写爱情和个人愁怨。

在"苏门四学士"中，苏轼"最善少游"。

秦观清丽哀婉的《满庭芳》，写词人对一个相好女子的别情与忆念。缠绵凄婉，是古代婉约词中的杰作。词的开端两句，尤为人称道叹赏。南宋叶梦得《避暑录话》卷下就记载说，苏轼曾戏为句云："山抹微云秦学士，露花倒影柳屯田。"（柳永曾官屯田员外郎，其《破阵乐》词的开端云："露花倒影，烟芜蘸碧，灵沼波暖。"亦是宋词名句。）

秦观画像
清·南熏殿旧藏《圣贤画册》

秦词、苏跋、米书"三绝碑"

踏莎行·郴州旅舍

宋·秦观

雾失楼台,月迷津渡,桃源望断无寻处。可堪孤馆闭春寒,杜鹃声里斜阳暮。

驿寄梅花,鱼传尺素,砌成此恨无重数。郴江幸自绕郴山,为谁流下潇湘去。

秦观贬徙郴州时,写下了凄美的《踏莎行·郴州旅舍》词,不到四年,即死于赦还途中。苏轼对这首词特别喜爱,将最后两句"郴江幸自绕郴山,为谁流下潇湘去"书于扇面,以示永志不忘之意,并为之作跋。跋语中说"少游已矣,虽万人莫赎",可见他对秦观文才的极度赏识。后来,米芾将这首词并苏轼跋语书写下来。其书写墨迹在南宋时被郴州太守命工匠镌刻于苏仙岭的崖壁上。此碑因秦词、苏跋、米书,时人称之为"三绝碑"。

《踏莎行·郴州旅舍》词意图
明刊本《诗馀画谱》

《如梦令》词意图
明刊本《诗馀画谱》

《如梦令》词意图　近代·周慕桥

如梦令

宋·秦观

门外鸦啼杨柳，春色着人如酒。睡起熨沉香，玉腕不胜金斗。消瘦，消瘦，还是褪花时候。

11. 贺铸、周邦彦、陈师道和潘大临

贺铸画像
清·任熊《於越先贤像传赞》

贺铸《柳梢青》词意图
明刊本《诗馀画谱》

周邦彦《玉楼春·天台》词意图
明刊本《诗馀画谱》

渔家傲

宋·周邦彦

灰暖香融销永昼。蒲萄架上春藤秀。曲角栏干群雀斗。清明后，风梳万缕亭前柳。

日照钗梁光欲溜。循阶竹粉沾衣袖。拂拂面红如著酒。沉吟久，昨宵正是来时候。

仕女图（周邦彦《渔家傲》词意图）
清·费丹旭

周邦彦《满庭芳》"风老莺雏"词意图 近代·夏敬观

陈师道闭门觅句图

陈师道（1053—1102），字无己。以黄庭坚为首的江西诗派的重要作家。陈师道作诗时总闭门卧床，以被蒙头恶闻人声，谓之"吟榻"，所以黄庭坚说"闭门觅句陈师道"。

潘大临作诗败兴

潘大临是北宋江西诗派的重要诗人之一。有一次,他的朋友谢无逸写信问他,有新作没有?他回信说:"秋来景物,件件是佳句,恨为俗氛所蔽翳。昨日闲卧,闻搅林风雨声,欣然起,题其壁曰:满城风雨近重阳。忽催租人至,遂败意,止此一句奉寄。"(宋·释惠洪《冷斋夜话》卷四)

重阳风雨图　明·陈淳

十五、范仲淹、欧阳修诗文

1. 作家图像

范仲淹画像　清刊本《吴郡名贤图传赞》

欧阳修画像
清·上官周《晚笑堂画传》

欧阳修图像
清刊本《吴郡名贤图传赞》

2. 诗意、词意画图

渔家傲

宋·范仲淹

塞下秋来风景异，衡阳雁去无留意。四面边声连角起，千嶂里，长烟落日孤城闭。

浊酒一杯家万里，燕然未勒归无计。羌管悠悠霜满地，人不寐，将军白发征夫泪。

范仲淹《渔家傲》词意图
明刊本《诗馀画谱》

答丁元珍

宋·欧阳修

春风疑不到天涯，
二月山城未见花。
残雪压枝犹有橘，
冻雷惊笋欲抽芽。
夜闻啼雁生乡思，
病入新年感物华。
曾是洛阳花下客，
野芳虽晚不须嗟。

欧阳修《答丁元珍》诗意图
明刊本《明解增和千家诗注》

欧阳修《蝶恋花》词意图
明刊本《诗馀画谱》

欧阳修《临江仙》词意图
明刊本《诗馀画谱》

欧阳修《生查子》词意图

3. 范仲淹《岳阳楼记》书画图

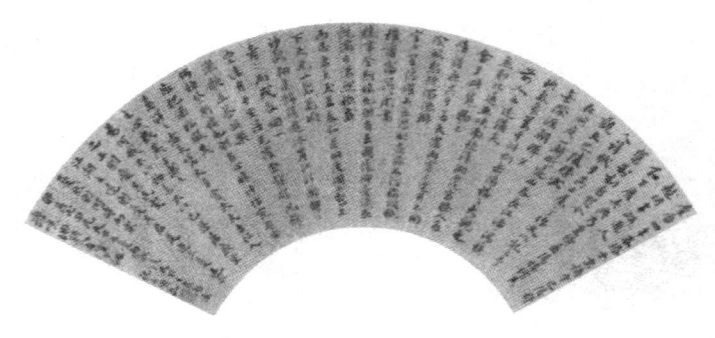

《岳阳楼记》书法（扇面）　明·文徵明

《岳阳楼记》行书（木刻拓片）　清·张照 书

岳阳楼图　五代·李昇

4. 欧阳修《醉翁亭记》书画图

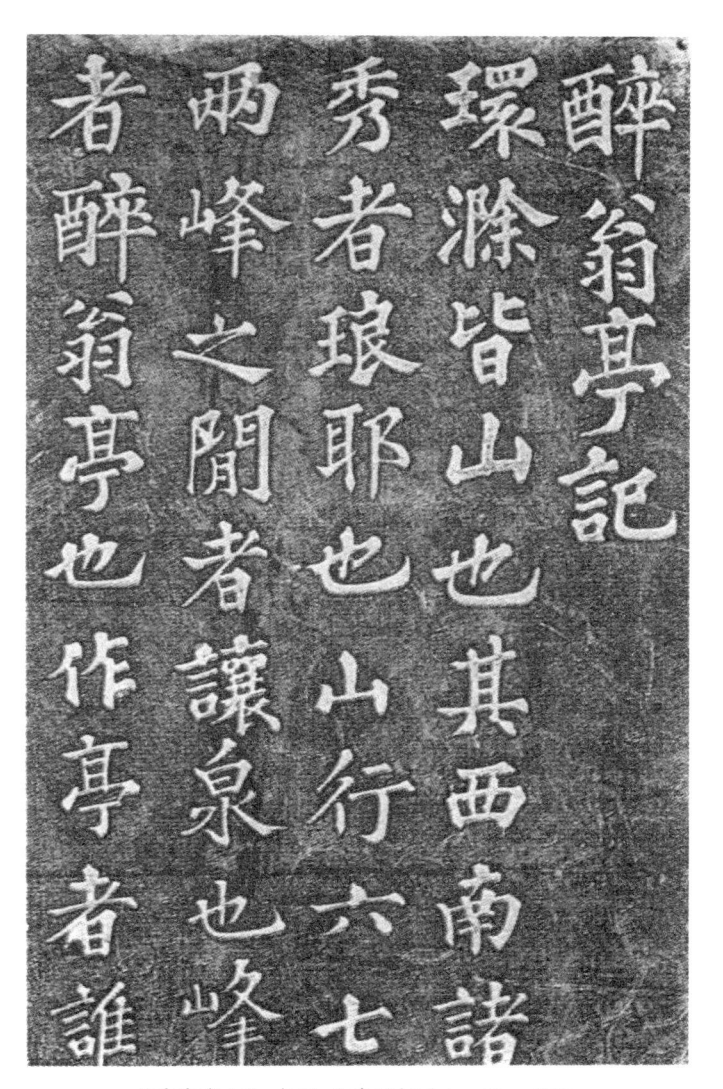

《醉翁亭记》书帖（碑刻拓片） 宋·苏轼

苏轼书写《醉翁亭记》

宋仁宗庆历五年（1045）秋冬之际，欧阳修被贬到安徽滁州任太守。他寄情山水秀色，常到滁州西南琅琊山开化寺游赏。寺僧智仙于水旁建有一亭，欧阳修常饮宴于此，因其自号醉翁，名此亭为"醉翁亭"，并写有著名的《醉翁亭记》。文章写好后，欧阳修亲自书丹上石，请人刊刻，立碑石于亭旁。碑立之后，引来众多士人的观赏和拓片。

欧阳修书字较小，碑刻笔墨很淡。当地官员为了使碑文流传久远，即请苏轼重写大字楷书，以便重新深刻上石。苏轼欣然命笔，于元祐六年（1091）以擘窠正书写成，刻石七块，立于滁县。后有款记说："滁守王君诏请以滁人之意求书于轼，轼于先生（指欧阳修）为门下士，不可以辞……"此碑刻成，立即被誉为"欧文苏字无价宝"。据说当时有一条不成文的规定，老百姓有谁得到一篇"欧文苏字"的，官府就免收他三年的钱粮。

大字《醉翁亭记》（碑刻） 宋·苏轼

另外，亦传有苏轼行草书《醉翁亭记》，原迹曾归南宋赵孟坚，明隆庆五年（1571）文彭将此摹勒，吴应析刻于河南新郑。碑共十八块，现存河南郑州博物馆。石后有赵孟頫、沈周、文彭等人的九则跋语。

赵孟頫跋称："夫有志于书法者，心力已竭而不能进，见古名书则长一倍。余见此，岂止一倍而已。"评价极高。（只是明代王世贞认为此迹书法极有张旭、怀素屋漏痕意，而疑其非苏轼手笔。）

由于此碑文为名篇，书者为大家，以后又有名家赵孟頫、沈周等人的亲笔题跋，因而也有"三绝碑"之誉。

《醉翁亭记》楷书帖　明·文徵明

醉翁亭图　明·仇英

欧阳修写文章

　　欧阳修写文章，极为认真，字斟句酌，精思细改，直到自己满意，才拿给别人看。这就是宋代何薳《春渚纪闻》中说的："欧阳文忠公，作文既毕，贴之墙壁，坐卧观之，改正尽善，方出以示人。"据《朱子语类大全》中的记载，散文名篇《醉翁亭记》的开头一句，就是经过反复修改才写定的："欧公文亦多是修改到妙处。顷有人买得他《醉翁亭记》稿，初是说'滁州四面有山'，凡数十字。末后改定，只曰'环滁皆山也'五字而已。"

5. 欧阳修《秋声赋》书画图

《秋声赋》行书帖（局部）　元·赵孟頫

《秋声赋》图（局部）　明·邵弥

《秋声赋》文意图　清·华嵒

《秋声赋》文意青花笔筒

《秋声赋》文意图　清·任颐

十六、苏轼诗文

1. 苏轼图像及生活情景画

苏轼画像
明刊本《历代古人像赞》

苏轼画像
清·上官周《晚笑堂画传》

苏轼画像
清·南熏殿旧藏《圣贤画册》

苏轼石刻像
江苏扬州三贤祠

东坡题扇图　明·周臣

苏东坡题扇济困

　　苏轼因反对新法，由京官贬到杭州任通判。到任之日，即有人来告状，说有制扇人欠他二万绫绢钱不还。苏轼传唤欠账人来当面询问。制扇人诉说道："我家以制扇售扇为生。前不久，父亲去世，如今又值春天，连雨天寒，所制绢扇卖不出去，实在是拿不出钱来还账，并不是故意拖欠不还。"苏轼见那人老实忠厚，不像刁钻顽劣之徒，想了一会儿，说："你回去把扇子拿来，我来助你发售。"制扇人听了喜出望外，赶紧回家取来一大捆制扇。苏轼从中挑出二十把夹绢团扇，随手用写判词的笔，于扇面作行草书数行，并绘枯木竹石。二十把团扇题写完后，苏轼对制扇人说："拿出去卖后，立即把欠账还清。"制扇人叩头谢恩，抱扇离去。刚走出公府衙门，他就被一群好事者围住，他们都是久仰苏轼书画大名、喜爱并收藏书画作品的人。制扇人以千钱一把的高价出售，二十把白扇也很快都被抢购一空，令后赶到的人懊悔不已。制扇人用卖扇的钱，还清了全部债款。此事很快在全城传为美谈。人们对苏轼此举称赏赞叹不已。

　　事见宋代何薳《春渚纪闻》卷六所载。

苏轼回翰林院图　明·张路

苏轼回翰林院

　　元丰八年，神宗病死，哲宗年幼，高太后临朝，起用旧党司马光执政，苏轼即被调回京，任中书舍人、翰林学士、知制诰等。一日，高太后下诏，令苏轼进宫，向他表示慰藉，重申信任。之后，高太后令宫女摘下座椅上的金莲灯为苏轼照明，送他返回翰林院。画中的苏轼在众宫女簇拥下，缓步而行。苏轼侧身回望，不舍离去的神色中，充满了感恩之情。

苏轼留带图　明·崔子忠

　　《苏轼留带图》画苏轼与佛印和尚禅语游戏的故事。佛印将向苏轼提一个富有禅机的问题，如果苏轼不能立即回答，就要将所系玉带留下。苏轼同意了，取下玉带置于几上。佛印说出问题后，还未

等苏轼回答,即命侍者收走玉带,留在寺内,"永镇山门"。(见《东坡事略》)

东坡题竹图 明·杜堇

东坡得砚图　清·黄慎　　　　东坡玩砚图　清·任颐

2. 竹杖芒鞋笠屐图

苏轼画像　北宋·李公麟

"竹杖芒鞋轻胜马"的苏东坡

　　苏轼（1037—1101），字子瞻，号东坡居士。眉州眉山（今属四川）人。曾官中书舍人、翰林学士兼侍读。一生仕途坎坷，因反对王安石新法，多次被贬为地方官，最终病死在赦归途中。

　　苏轼才华横溢，是一个文艺全才，诗、词、散文创作成就极高。诗作与黄庭坚并称"苏黄"；其词开豪放一派；散文更是纵横豪宕，波澜迭出。苏轼的书法和绘画，享誉宋代，在中国书画史上也占有重要地位。

　　苏轼生性豪放，政治上虽屡遭沉重打击，但仍自信与豁达。李公麟和赵孟頫为苏轼画像，都较好地表现了他饱经磨难，却不畏风雨、不失坚守的精神气质。

苏轼贬官黄州两年后，宋神宗元丰五年（1082）的三月七日，他和朋友去黄州东南三十里的沙湖游玩。途中遇雨，众人都被淋得狼狈不堪，只有苏轼"竹杖芒鞋轻胜马"，从容不迫、镇定自若。这就是他在《定风波·沙湖道中遇雨》中所描写的情景：

  三月七日沙湖道中遇雨，雨具先去，同行皆狼狈，余独不觉。已而遂晴，故作此。
  莫听穿林打叶声，何妨吟啸且徐行。竹杖芒鞋轻胜马，谁怕？一蓑烟雨任平生。　料峭春风吹酒醒，微冷，山头斜照却相迎。回首向来萧瑟处，归去，也无风雨也无晴。

从此，竹杖芒鞋就成了苏轼图像的标志。晚年，苏轼流放岭南，头戴斗笠、脚穿雨屐的笠屐图又成了苏轼的新形象。

东坡先生笠屐图
明·尤求

东坡笠屐图
海南儋耳东坡书院

3. 苏轼诗作书画图

《海棠》诗和《高烧银烛照红妆》图

清初徐釚《续本事诗·海棠》载："东坡谪黄州，居于定惠院之东。杂花满山，而独有海棠一株，土人不知贵，东坡为作长篇。"平生喜为人写，盖人间刊石者，自有五六本，云："吾平生最为得意诗也。"

说的是苏轼贬官黄州时，曾住在定惠院之东。

高烧银烛照红妆　南宋·马麟

那里杂花满山，独有海棠一株，当地人不知其珍贵。横遭贬谪的苏轼一到黄州，便视此海棠为知己，数次小酌花下，并为之赋诗。元丰三年作七言古诗《寓居定惠院之东，杂花满山，有海棠一株，土人不知贵也》。后又作著名七言绝句《海棠》，其诗曰：

东风袅袅泛崇光，香雾空蒙月转廊。
只恐夜深花睡去，故烧高烛照红妆。

"红妆"，指妇女的盛装，后借指美女。诗由咏海棠而落脚到美人（"红妆"），是因了唐明皇对杨贵妃的一个比喻。据《明皇杂录》载，唐明皇登沉香亭，召杨贵妃陪侍。但杨贵妃因早晨喝了酒（"卯酒"）而酒醉未醒。高力士引领侍女把杨贵妃扶来后，她仍是醉颜残妆、鬓乱钗横，无法跪拜。"上皇笑曰：'岂是妃子醉耶？海棠睡未足耳！'"唐明皇将人比花，苏诗则以花喻人。又，李商隐《花下醉》诗句曰："客散酒醒深夜后，更持红烛赏残花。"苏轼融两典故于诗，构思别致、妙化入神、情致真切，为世人传诵。南宋画家马麟（马远之子）抓住了作为诗眼的末句，略做变动以为画题，画出了《高烧银烛照红妆》的传世名作。

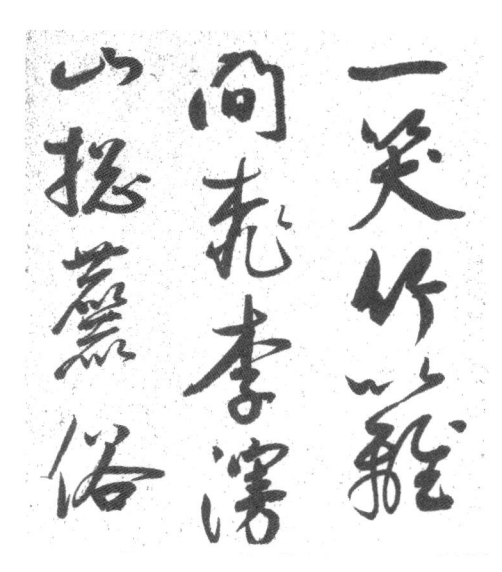

《海棠》诗行草书帖　元·鲜于枢

黄州寒食诗帖　北宋·苏轼

苏轼于宋神宗元丰三年（1080）被贬官黄州任团练副使。在黄州的五年，是他一生文学创作的又一高峰时期。这一时期的诗文创作除了散文名篇前、后《赤壁赋》和《定风波》词外，还有三首诗词受到书画家（包括苏轼本人）的特别关注，即《黄州寒食》诗、《海棠》和《念奴娇·赤壁怀古》词等。其中尤以苏轼自书《黄州寒食诗帖》最为著名。

《黄州寒食诗帖》代表了苏轼行书的最高成就。原作五言诗《寒食雨二首》，创作于被贬官黄州的第三个寒食节，即在元丰五年（1082），书于元祐四年（1089）。正文凡十七行，真迹现藏于台北故宫博物院（一说为私人收藏）。此帖以行书起笔，偶间草书，每行九十字。写到第二首则打破了前面的规矩，字体变大，运笔加快，如疾风暴雨一般，愈写愈潇洒奔逸。直至最后，写上"右黄州寒食二首"几个小字为题作结。整幅手卷行气错落，笔势多变，情绪激越，笔意自然。以侧笔为主，而又多藏其锋，使之圆劲而有韵味。黄庭坚在此诗帖的跋语中说："东坡此诗似李太白，犹恐太白有未到处。此书兼颜鲁公、杨少师、李西台笔意，试使东坡复为之，未必及此。他日东坡或见此书，应笑我于无佛处称尊也。"明代董其昌也跋称："余生平见东坡先生真迹不下三十余卷，必以此为甲观。"评价都极高。尤其是黄庭坚的大字题跋，书写精到，遒健潇洒，与诗帖联成著名的合璧。《黄州寒食诗帖》是尚意书风最先起、最成功的代表作，因此有人将其与重韵的《兰亭序》、重气的《祭侄季明文稿》并称为"行书三绝"，均为中国书法史上里程碑式的经典之作。

诗中表达的苦涩心情与书法用笔的抑郁顿挫的完美统一，是作品成功的最重要的因素。

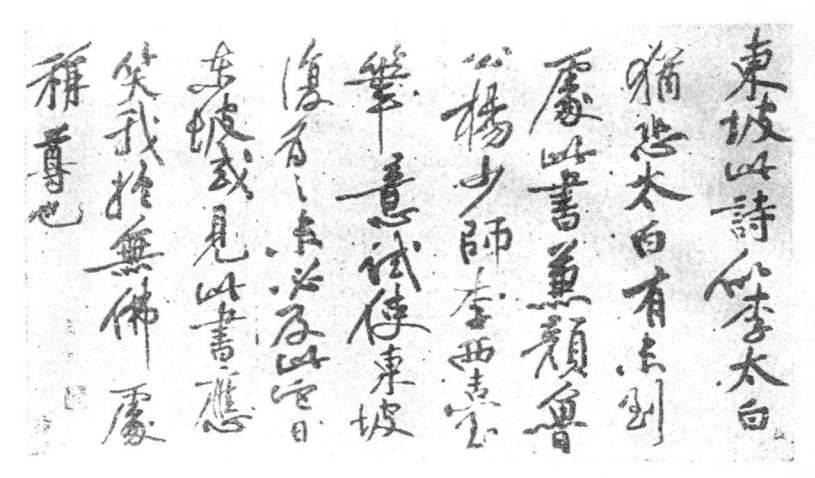

黄州寒食诗卷跋　北宋·黄庭坚

苏轼《和文与可洋州园池》诗行书屏　清·何绍基

4. 苏轼词作词意画

铜琶铁板唱东坡词

南宋俞文豹《吹剑录》中说：

东波在玉堂日，有幕士善歌，因问："我词何如柳七？"对曰："柳郎中词只合十七八女郎，执红牙板，歌'杨柳岸晓风残月'，学士词须关西大汉，抱铜琵琶，执铁绰板，唱'大江东去'。"东坡为之绝倒。

《念奴娇·赤壁怀古》词意图
明刊本《诗馀画谱》

念奴娇·赤壁怀古

北宋·苏轼

大江东去，浪淘尽，千古风流人物。故垒西边，人道是，三国周郎赤壁。乱石穿空，惊涛拍岸，卷起千堆雪。江山如画，一时多少豪杰！

遥想公瑾当年，小乔初嫁了，雄姿英发。羽扇纶巾，谈笑间，樯橹灰飞烟灭。故国神游，多情应笑我，早生华发。人生如梦，一尊还酹江月。

水调歌头

北宋·苏轼

明月几时有？把酒问青天。不知天上宫阙，今夕是何年。我欲乘风归去，又恐琼楼玉宇，高处不胜寒。起舞弄清影，何似在人间。

转朱阁，低绮户，照无眠。不应有恨，何事长向别时圆。人有悲欢离合，月有阴晴圆缺，此事古难全。但愿人长久，千里共婵娟。

《水调歌头》词意图
明刊本《诗馀画谱》

卜算子

北宋·苏轼

缺月挂疏桐，漏断人初静。时见幽人独往来，缥缈孤鸿影。

惊起却回头，有恨无人省。拣尽寒枝不肯栖，寂寞沙洲冷。

《卜算子》词意图
明刊本《诗馀画谱》

《蝶恋花》词意图　明刊本《诗馀画谱》

朝云难唱《蝶恋花》

　　苏轼被贬官惠州（今属广东省）时，有侍妾名朝云。深秋的一天，苏轼命朝云歌《蝶恋花》词助酒兴。朝云歌喉将啭，却泪满衣襟。苏轼问其故，朝云回答道："奴所不能歌者，是'枝上柳绵吹又少，天涯何处无芳草'也。"苏轼翻然大笑道："是吾正悲秋，而汝又伤春矣。"清代张宗橚《词林纪事》卷五引《林下偶谈》记叙的这则轶事，元代伊世珍《琅嬛记》卷中早有所录："子瞻在惠州，与朝云闲坐，时青女初至，落木萧萧，凄然有悲秋之意。命朝云把大白，唱'花褪残红'，朝云歌喉将啭，泪满衣襟。子瞻诘其故，答曰：'奴所不能歌，是"枝上柳绵吹又少，天涯何处无芳草"也。'子瞻翻然大笑曰：是吾正悲秋，而汝又伤春矣。'遂罢。朝云不久抱疾而亡，子瞻终身不复听此词。"

　　清人王素根据这则故事作《朝云小像》，画朝云托腮凝思、不胜惆怅的样子，并于画的左上方题写了相关的记载文字。

朝云小像　清·王素

5.《记承天寺夜游》文意图

承天寺夜游图 明·沈周 　　　夜游承天寺图 清·沈宗骞

记承天寺夜游

北宋·苏轼

元丰六年十月十二日夜,解衣欲睡,月色入户,欣然起行。念无与为乐者,遂至承天寺寻张怀民。怀民亦未寝,相与步于中庭。庭下如积水空明,水中藻荇交横,盖竹柏影也。

何夜无月?何处无竹柏?但少闲人如吾两人者耳。

承天寺夜游图　清·任颐(伯年)

6.《赤壁赋》书法图

苏轼被贬为黄州（今湖北黄冈）团练副使的五年，是他一生中文艺创作的又一高峰时期，散文名篇《赤壁赋》，写于元丰五年（1082），表达了作者超然物外、淡泊处世的旷达。

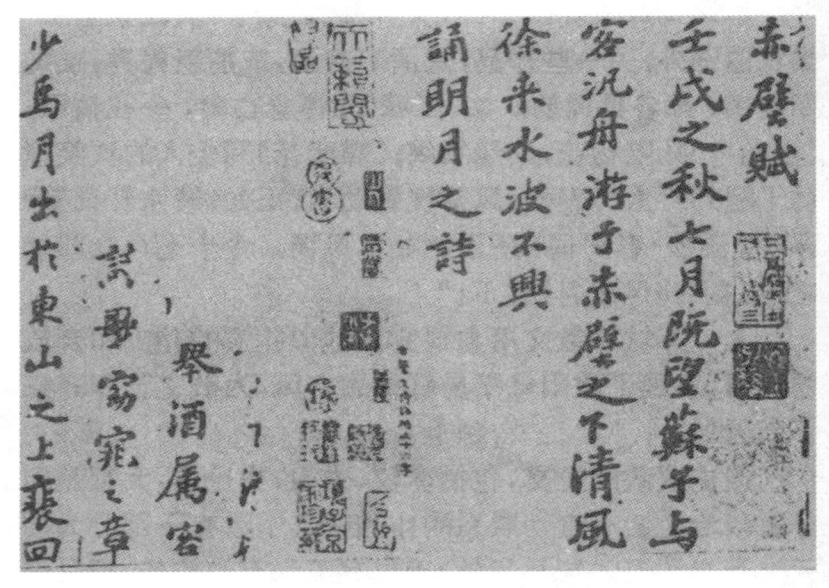

《赤壁赋》行书帖　北宋·苏轼

　　书帖写于作赋后第二年。苏轼选择了较正规的行书体，笔画丰腴而圆润，文凡六十六行。现藏台北故宫博物院。明代董其昌在题跋中说："此赋楚骚之一变，此书《兰亭》之一变也。宋人文字俱以此为极则。"《画禅室随笔》中又说："此《赤壁赋》庶几所谓欲透纸背者。乃全用正锋，是坡公之《兰亭》也。"确实，此帖运笔古拙内含，不似苏轼其他书法用侧锋卧笔，而全用正锋；宽博而力劲，如绵裹铁，风致潇洒；书风与文境和谐相适，相映生辉。

《赤壁赋》书帖　元·赵孟頫

祝允明《前后赤壁赋》，书于正德十六年（1521），小草，人称此卷为守法之作，汇晋唐法度。用笔深厚，似含筋裹骨，瘦劲遒畅。结体秀美，字不相连，但心手相应，转折牵丝处巧妙自然，流转自如，尽显洒脱飘逸之气。祝允明晚年用狂草书写的《前后赤壁赋》纸本墨迹，明人文嘉在其跋语中说："枝山此书，点画狼藉，使转精神，得张颠之雄壮，藏真（怀素）之飞动；所谓屋漏痕、折股钗、担夫争道、长年荡桨等，法意咸背。盖其晚年用意之书也。"全卷结体用笔，多有奇趣，气度恢宏，精悍绝伦。其蔑视古法的狂怪精神，往往会使人忽略其"落笔太易，微失过硬"（清人梁巘语）的缺陷。

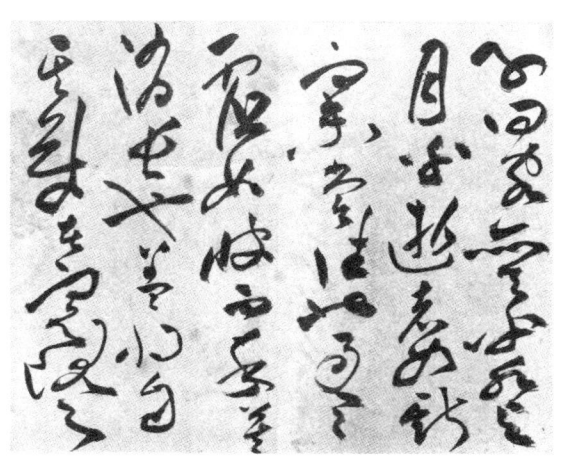

《赤壁赋》草书帖　明·祝允明

文徵明一生曾多次临写《赤壁赋》。据一些著录和题跋所载，现已知他写有《赤壁赋》十四件，存世墨迹大约是行书五本、小楷一种（69岁所书《前赋》，86岁所书《后赋》）。这些作品，或书于秋八月既望于游湖舟中，或夜不能寐书以遣兴，或闲窗无事书以寄怀，或墨有余渖书以尽兴。而89岁书写最后一幅《赤壁赋》，距他去世仅四个月。文徵明87岁作行书巨制《赤壁赋》，现藏上海博物馆。全卷气势流贯，老笔纷披，笔劲墨沉，真正显示了书家自如驾驭的神韵。结体平整，偶有欹侧，于整饬中见温润。有黄庭坚纵逸之笔意，更是融众长而自出机杼的佳构。而两年之后，即89岁时所作行书《赤壁赋》，也仍是苍劲老辣，沉着凝重，丝毫不见迟缓拖沓的毛病。

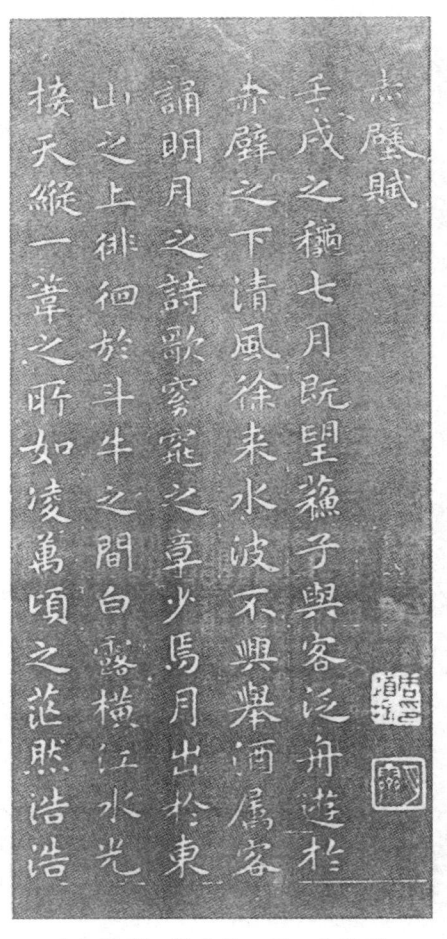

《赤壁赋》楷书帖　明·文徵明

《赤壁赋》行书帖　明·文徵明

《前赤壁赋》书帖　明·王宠

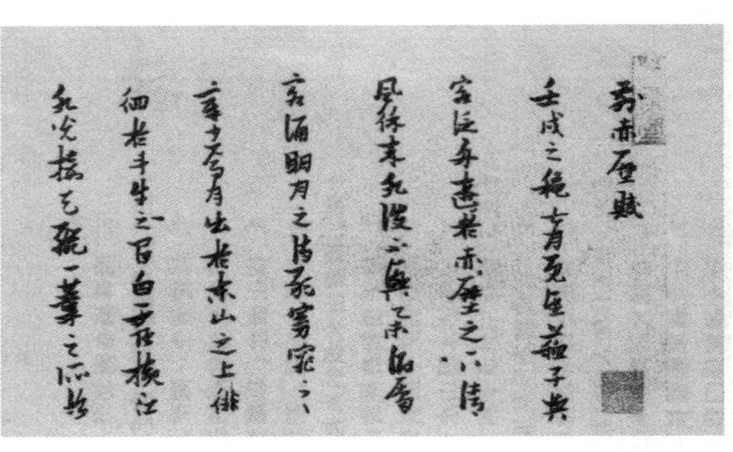

《前赤壁赋》书帖　明·张端图

7.《赤壁赋》文意画

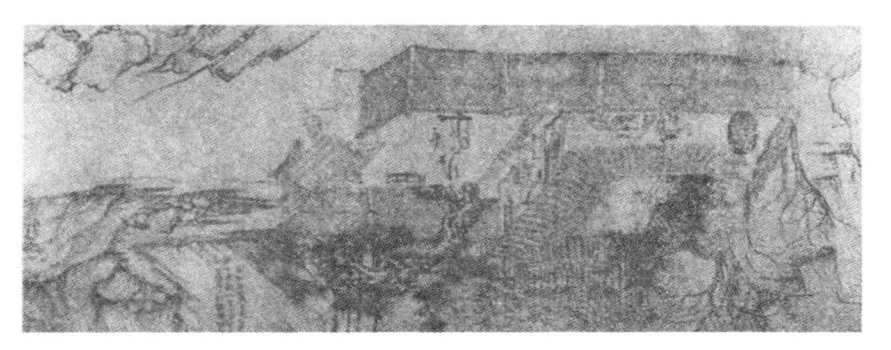

后赤壁赋图　北宋·乔仲常

前、后《赤壁赋》

《赤壁赋》是苏轼最著名的散文名篇，也是他贬官黄州时创作的最优秀的诗文作品之一。

苏轼贬谪黄州的两年后，即宋神宗元丰五年（1082）三月七日，苏轼写了著名的《定风波》词。同年七月和十月，苏轼和朋友两游黄州附近的赤壁，写下了千古名文前、后《赤壁赋》。赋文集中表现了苏轼超然物外、淡泊处世的乐观旷达精神，引起了历代文人墨客的同情与共鸣，也成了众多书画家热衷创作的主题。除了苏轼的自书手迹，最早在北宋时期，就有乔仲常的《后赤壁赋图》。乔仲常是苏轼的好友、画家李公麟的弟子，可以说是与苏轼属于同一时期的画家。此后，从金元至明清，历代都有以《赤壁赋》为题材的书画作品存世或存目。如明代文徵明，一生曾多次临写《赤壁赋》，存目至少有十四件、存世有六件（行书五，楷书一）。而且，据清代张庚《图画精意识》说，他曾背摹宋代画家赵伯驹画苏轼图像十种。其中《孤鹤横江》《就寝》《梦道士》《开户视之》等，均取自《赤壁赋》的描写。

　　《赤壁赋》的书画品种之多，不仅在苏轼的作品中，就是在中国古代文学作品中，也都是位居前列的。

赤壁后游图　南宋·马和之

后赤壁赋图　南宋·马和之

赤壁图　金·武元直

赤壁图　明·仇英

前赤壁图　明·陈淳

前后赤壁赋图（扇面）　明·文伯仁

赤壁泛游图　清·清溪

十七、南宋诗文

1. 叶梦得、朱敦儒、周紫芝和张孝祥

叶梦得画像
清刊本《吴郡名贤图传赞》

叶梦得《菩萨蛮·湖光亭晚景》词意图 明·董其昌《秋兴八景图》之五

菩萨蛮·湖光亭晚景

南宋·叶梦得

平波不尽蒹葭远,清霜半落沙痕浅。烟树晚微茫,孤鸿下夕阳。梅花消息近,试向南枝问。记得水边春,江南别后人。

叶梦得《念奴娇·中秋》词意图
明刊本《诗馀画谱》

朱敦儒画像　《图说河南文学史》插图

周紫芝《念王孙》词意图　清·费丹旭《仕女图册》

张孝祥《念奴娇·过洞庭》词意图　明刊本《诗馀画谱》

念奴娇·过洞庭

宋·张孝祥

　　洞庭青草，近中秋，更无一点风色。玉鉴琼田三万顷，着我扁舟一叶。素月分辉，明河共影，表里俱澄澈。悠然心会，妙处难与君说。　　应念岭海经年，孤光自照，肝胆皆冰雪。短发萧疏襟袖冷，稳泛沧溟空阔。尽挹西江，细斟北斗，万象为宾客。扣舷独啸，不知今夕何夕！

2. 李纲、胡铨、岳飞和文天祥

李伯纪像

李纲画像　明刊本《三才图会》

胡铨画像　选自《胡澹庵先生文集》

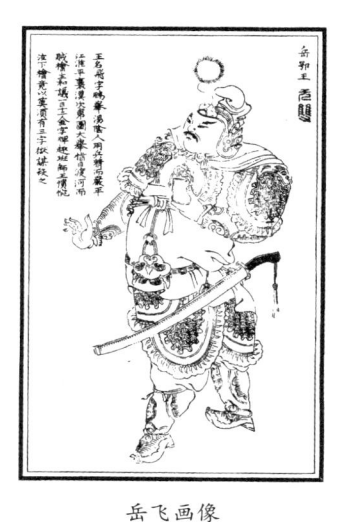

岳飞画像
清·金古良《无双谱》

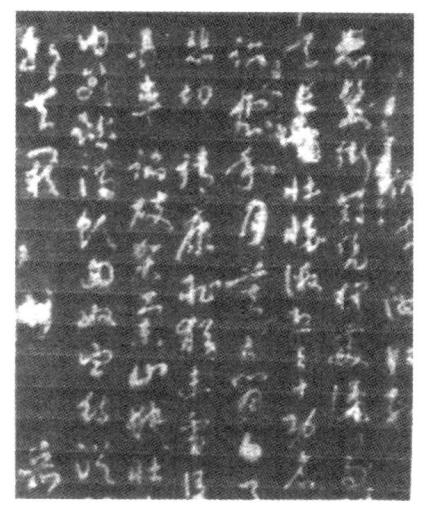

岳飞《满江红》词书帖（石刻）

满江红

宋·岳飞

怒发冲冠，凭栏处、潇潇雨歇。抬望眼，仰天长啸，壮怀激烈。三十功名尘与土，八千里路云和月。莫等闲、白了少年头，空悲切。

靖康耻，犹未雪。臣子恨，何时灭！驾长车，踏破贺兰山缺。壮志饥餐胡虏肉，笑谈渴饮匈奴血。待从头、收拾旧山河，朝天阙。

文天祥画像　明·胡文焕刻本《圣贤图像》

宋·文天祥　幕府杂诗行书帖

3. 陈与义、范成大、杨万里和朱熹

陈与义画像 《图说河南文学史》插图

陈与义《醉中至西径梅花下已盛开》诗意图 明·朱冲秋

陈与义《临江仙》词意图　近代·周慕桥

临江仙·夜登小阁忆洛中旧游

南宋·陈与义

忆昔午桥桥上饮，坐中多是豪英。长沟流月去无声。杏花疏影里，吹笛到天明。　　二十余年如一梦，此身虽在堪惊。闲登小阁看新晴。古今多少事，渔唱起三更。

范成大画像　《历代名臣像解》

图绘范成大晚年隐居苏州石湖的田园风光。

石湖小景图　明·文嘉

范成大四时田园杂兴诗书帖
元·朱德润

杨万里画像
江西吉水涴塘故里存版

此图为周臣《古贤诗意图》之一，一般标为《杨万里诗意图》，实则用的是杨万里《闲居初夏午睡起》诗意。诗云："梅子留酸软齿牙，芭蕉分绿与窗纱。日长睡起无情思，闲看儿童捉柳花。"

稍晚于周臣的仇英亦有《捉柳花图》。

"闲看儿童捉柳花"诗意图　明·周臣

捉柳花图　明·仇英

朱熹画像　明万历版朱氏族谱

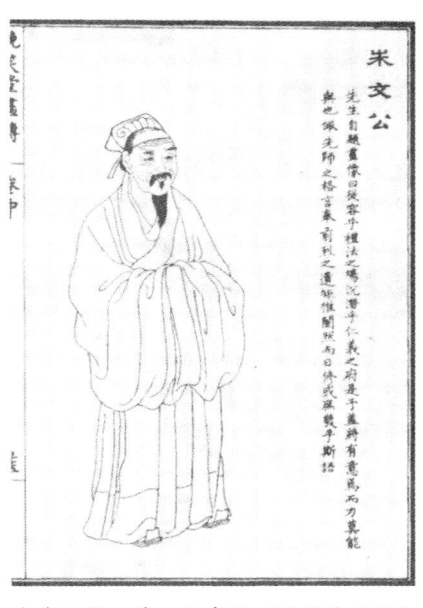

十七、南宋诗文

朱熹画像　清·上官周《晚笑堂画传》

观书有感

南宋·朱熹

半亩方塘一鉴开,天光云影共徘徊。问渠那得清如许,为有源头活水来。

励志题诗 宋·朱熹 清·王檠摹刻　　　　朱熹著书图

4. 陆　游

鹊桥仙

南宋·陆游

一竿风月，一蓑烟雨，家在钓台西住。卖鱼生怕近城门，况肯到红尘深处。潮生理棹，潮平系缆，潮落浩歌归去，时人错把比严光，我自是无名渔父。

陆游画像
清·任熊《於越先贤像传赞》

陆游画像

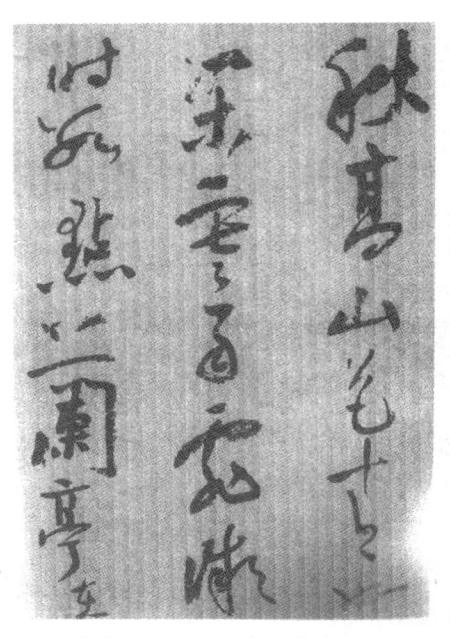

自书诗草书帖（"秋高山色青如染"）
南宋·陆游

陆游《冬晚山房书事》诗意图　清·王翚

《送客至江上》诗意图　清·王翚

《钗头凤》词碑墙　浙江绍兴沈园

十七、南宋诗文

《钗头凤》词写的爱情悲剧

陆游 20 岁时，与舅父唐闳之女唐琬结婚。二人情投意合，很是亲密。但唐氏始终不得陆母的欢心，不得已，二人被迫离异。唐琬后另嫁同郡赵士程。一年春日出游，三人相遇于禹迹寺南之沈园，唐氏语告其夫，赵士程为之致酒肴共饮。陆游怅然不已，赋《钗头凤》词。词云：

红酥手，黄縢酒，满城春色宫墙柳。东风恶，欢情薄。一怀愁绪，几年离索。错！错！错！　春如旧，人空瘦，泪痕红浥鲛绡透。桃花落，闲池阁。山盟虽在，锦书难托。莫！莫！莫！

唐琬有和《钗头凤》词一首，词云：

世情薄，人情恶，雨送黄昏花易落。晓风干，泪痕残。欲笺心事，独语斜阑。难！难！难！　人成各，今非昨，病魂常似秋千索。角声寒，夜阑珊。怕人寻问，咽泪装欢。瞒！瞒！瞒！

词成之后没多久，唐琬就怏怏而卒。（见《耆旧续闻》）据南宋周密《齐东野语·放翁钟情前室》说，唐琬死后四十余年间，陆游至少五作诗、词叙写这段悲情。其中，最著名的当数他 75 岁时写的《沈园》二首。诗云：

城上斜阳画角哀，沈园非复旧池台。
伤心桥下春波绿，曾是惊鸿照影来。

梦断香消四十年，沈园柳老不吹绵。
此身行作稽山土，犹吊遗踪一泫然。

5. 辛弃疾

辛弃疾画像 《稼轩集》插页

《金菊对芙蓉·远水生光》词意图
明刊本《诗馀画谱》

《醉太平》词意图　清·费丹旭《仕女图册》

6. 姜　夔

姜夔画像
宋·白良玉画
清·林则徐书姜夔自题画像诗
清道光元年（1821）刻石

姜夔《昔游》诗之六诗意图　清·罗聘

《昔游》诗之十二诗意图　清·罗聘

"小红低唱我吹箫"诗意图
清·何元俊

姜夔对垂虹桥最是偏爱。有一次，他在那里与挚友范成大告别，与小红坐船远去，留下诗作一首：

自作新词韵最娇，小红低唱我吹箫。

曲终过尽松陵路，回首烟波十四桥。

——《过垂虹》

此图表现的正是在松荫掩映下，一叶轻舟，小红低唱，姜夔吹箫的情景。

小红低唱图
清·任颐

"更洒菰蒲雨"词意图　清·任熊

此图以轻笔淡墨描画美人、景物，敷以淡彩。画家在绣层的粉墙上题上数字："绣屋招凉，更洒菰蒲雨。宋人词意。"表示自己这幅画，用宋人词意画成。"更洒菰蒲雨"句，原出宋姜夔《念奴娇》词：

余客武陵，湖北宪治在焉。古城野水，乔木参天。余与二三友，日荡舟其间。薄荷花而饮，意象幽闲，不类人境。秋水且涸，荷叶出地寻丈，因列坐其下，上不见日。清风徐来，绿云自动。间于疏处，窥见游人画船，亦一乐也。揭来吴兴，数得相羊荷花中，又夜泛西湖，光景奇绝。故以此句写之。

闹红一舸，记来时、尝与鸳鸯为侣。三十六陂人未到，水佩风裳无数。翠叶吹凉，玉容消酒，更洒菰蒲雨。嫣然摇动，冷香飞上诗句。
日暮，青盖亭亭，情人不见，争忍凌波去？只恐舞衣寒易落，愁入西风南浦。高柳垂阴，老鱼吹浪，留我花间住。田田多少，几回沙际归路。

7. 陈亮、刘过、史达祖和真德秀

陈亮画像　浙江永康五峰书院挂像

刘过画像
清刊本《吴郡名贤图传赞》

史达祖画像
《图说河南文学史》插图

真德秀画像　明刊本《武夷山志》

8. 赵师秀、戴复古和刘克庄

约 客

南宋·赵师秀

黄梅时节家家雨，青草池塘处处蛙。
有约不来过夜半，闲敲棋子落灯花。

赵师秀《约客》诗意图　清·禹之鼎

戴复古《月夜舟中》诗意图
明刊本《明解增和千家诗注》

刘克庄《闻笛》诗意图
明刊本《明解增和千家诗注》

刘克庄《初冬》诗意图
明刊本《明解增和千家诗注》

9. 吴文英、周晋、周密和蒋捷

吴文英《桃源忆故人》词行书帖　明·陈洪绶

吴文英《唐多令·何处合成愁》词意图　近代·周慕桥

周晋《点绛唇·午梦初回》词意图　近代·周慕桥

点绛唇

南宋·周晋

午梦初回,卷帘尽放春愁去。昼长无侣,自对黄鹂语。絮影蘋香,春在无人处。移舟去。未成新句,一砚梨花雨。

眼儿媚

南宋·周密

飞丝半湿惹归云。愁里又闻莺。淡月秋千,落花庭院,几度黄昏。　　十年一梦扬州路,空有少年心。不分不晓,恹恹默默,一段伤春。

周密《眼儿媚·飞丝半湿惹归云》词意图　现代·杨无恙

一剪梅·舟过吴江

南宋·蒋捷

一片春愁待酒浇。江上舟摇。楼上帘招。秋娘渡与泰娘桥。风又飘飘。雨又萧萧。　何日归家洗客袍？银字笙调。心字香烧。流光容易把人抛。红了樱桃。绿了芭蕉。

蒋捷《一剪梅》词意图　清·费丹旭

蒋捷（约 1245—1305）字胜欲，号竹山。阳羡（今江苏宜兴）人。宋亡后在竹山隐居，被后人称为竹山先生。南宋词人。词作精于以白描手法来写景抒情。有《竹山词》传世。

十八、金元诗文

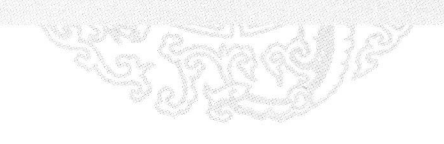

1. 金代赵秉文、元好问和元初耶律楚材

赵秉文（1159—1232），字周臣，号闲闲老人。磁州滏阳（今河北磁县）人。金代学者，亦是金代诗文大家。有《闲闲老人滏水文集》。

元好问（1190—1257），字裕之，号遗山，太原秀容（今山西忻州）人。金宣宗时进士，曾任尚书省左司都事员外郎等职。金亡后隐居不仕。金代著名诗人。其《论诗绝句三十首》，影响甚大。现存小令九首，是金末元初最早散曲作家。著有《遗山先生集》，编有《中州集》等。

赵秉文画像

元好问画像

耶律楚材（1190—1244），契丹人，元代政治家、诗人和书法家。有才情，善诗文，有《湛然居士集》。

耶律楚材画像　《历代名臣像解》

自书《送刘满》诗书帖　元·耶律楚材

2. 白朴和马致远

白朴（1226—1306），原名恒字仁甫，后改名朴，字太素，号兰谷。本隩州（今山西河曲）人，后流寓真定（今河北正定）。金亡后入元，坚不出仕，浪迹山水。与关汉卿、马致远、郑光祖并称"元曲四大家"。存杂剧《梧桐雨》《墙头马上》等三种。词集《天籁集》后附散曲，存小令三十七首、套数四篇。

天净沙·春
元·白朴

春山暖日和风，阑干楼阁帘栊，杨柳秋千院中，啼莺舞燕，小桥流水飞红。

白朴画像
清刊本《天籁集》

马致远（1250—1321年至1324年秋季间），号东篱，大都（今北京）人。曾一度任江浙行省务官，晚年隐居杭州乡间。元代杂剧家、散曲家。为元曲四大家之一，著有杂剧十五种，现存《汉宫秋》等七种。尤以散曲为人所称，被称为"曲状元"。辑有《东篱乐府》，存小令一百多首，套数七十多篇。

马致远画像

[越调] 天净沙·秋思

元·马致远

枯藤老树昏鸦,
小桥流水人家,
古道西风瘦马。
夕阳西下,断肠人在天涯。

3. 刘因、赵孟頫、吴澄和虞集

刘因（1249—1293），字梦吉，保定容城（今属河北）人。元世祖时任承德郎、右赞善大夫，不久辞归。精研理学，迹以诗名。有《静修先生文集》。

刘因画像　《国粹学报》

赵孟頫（1254—1322），字子昂，号松雪道人，湖州（今属浙江）人，是宋太宗赵匡胤十一世孙，入元后官至翰林院学士承旨。宋元时著名书画家，能诗词，格调清淡有风致。有《松雪斋文集》。

赵孟頫画像　明代胡文焕刻本《圣贤图像》

自书趵突泉诗书帖　元·赵孟頫

浪淘沙

元·赵孟頫

今古几齐州，华屋山丘。杖藜徐步立芳洲。无主桃花开又落，空使人愁。　波上往来舟，万事悠悠。春风曾见昔人游。只有石桥桥下水，依旧东流。

秋兴八景图之八（赵孟頫《浪淘沙》词意画）　明·董其昌

吴澄画像

吴澄（1249—1333），字幼清，晚字伯清。抚州崇仁（今属江西）人。元代学者、散文家，著述甚丰。

虞集（1272—1348），字伯生，号道园。祖籍仁寿（今属四川），后迁崇仁（今属江西）。元成宗时任国子助教，历集贤修撰、翰林直学士兼国子祭酒。元代诗人，为当时四大家之一。有《道园学古录》等。

虞集画像　明代胡文焕刻本《圣贤图像》

4. 张养浩、贯云石、朱德润和萨都剌

张养浩（1270—1329），字希孟，号云庄，济南（今属山东）人。历任县尹、监察御史、礼部尚书，后弃官归隐。天历二年（1329）关中大旱，被召为陕西行台中丞、治旱救灾，到官四月，劳瘁而死。文集有《归田类稿》，散曲集有《云庄休居自适小乐府》。

张养浩画像　其十九世孙张宗伦据族像追忆摹

贯云石（1286—1324），维吾尔族人。号酸斋，又号芦花道人。曾任翰林侍读学士等。元代散曲作家，今人将他与徐再思（号甜斋）的散曲辑为《酸甜乐府》。

春消息图　元·邹复雷

[双调] 清江引·咏梅

元·贯云石

其一

南枝夜来先破蕊，泄露春消息。偏宜雪月交，不惹蜂蝶戏，有时节暗香来梦里。

其四

玉肌素洁香自生，休说精神莹。风来小院时，月华人初静，横窗好看清瘦影。

朱德润（1294—1365），字泽民，昆山（今属江苏）人。元代书画家，诗文亦负盛名，有《存复斋文集》。

松溪钓艇图　元·朱德润

萨都剌（约1300—1355），字天锡，号直斋，先世为西域人（答失蛮氏）。出生于雁门（今山西代县）。元泰定进士，官至燕南河北道肃政廉访司经历。其诗多写自然风物，亦工词，有《雁门集》。

萨都剌画像
《历代名臣绣像选》

5. 杨维桢

元末著名诗人、书法家杨维桢（1296—1370），字廉夫，号铁崖、东继子。诸暨（今浙江诸暨）人。曾筑楼铁崖山，植梅千余株，聚书数万卷，读书五年不下楼。杨维桢诗风奇诡，文辞秾丽，号称铁崖体。其书法，如"大将班师，三军奏凯，破斧缺斨，例载而归"，不同时俗，是元代最具创新精神的书法家。

杨维桢画像　清刊本《吴郡名贤图传赞》

铁笛图　明·吴伟

杨维桢喜于吹笛、善于吹笛，而且喜欢吹的是铁笛，所以又别号铁笛道人。如同铁崖体的诗风、书风一样，杨维桢喜爱并惯常使铁笛，也反映了他倔强、豪爽和粗犷的性情。明代画家吴伟，正是抓住了他这一具有鲜明个性的表征，为杨维桢造像，创作了古代人物画名作《铁笛图》。图中画有四人，庭间松柏交荫，铁笛道人杨维桢高坐石台旁，对面是前后列坐的二姬，身后站着手捧铁笛的侍女。侍女所站的位子，恰好突出了她双手捧着的铁笛。

南屏雅集图（局部） 明·戴进

元至正年间，杨维桢常与友人到西湖野炊，集于文士莫景行的山庄——南屏山杏华庄，宴饮赋诗、流觞唱和，谓之南屏雅集。

杨铁崖诗意图 清·王鉴

6. 王冕和倪瓒

王冕（1310—1359），字元章，号煮石山农、贩牛翁、梅花屋主等，诸暨（今属浙江）人。农家子，全靠刻苦自学成才，应试不中。曾北游大都（今北京）、居庸、古北关塞。人荐入翰林供职，不就。南返归隐家乡九里山水南村，卖画自给，"以缯幅短长为得米之差"。为元末诗人，有《竹斋诗集》。爱竹并善画竹，名其斋为"竹斋"。

王冕画像
选自《越中三不朽图赞》

为良佐写梅图题诗

元·王冕

吾家洗砚池头树，个个花开淡墨痕。
不要人夸好颜色，只流清气满乾坤。

为良佐写墨梅图 元·王冕

王冕传世的画梅作品较多，如《为良佐写墨梅图》《墨梅图》

《南枝春早图》等。其《为良佐写墨梅图》，画长达数尺的寒梅一枝横斜在画幅中间，湿墨写干，舒展挺秀；十数朵梅花，淡墨轻染，生机洋溢，是其神韵秀逸的代表作品。画左上方自题诗云："吾家洗砚池头树，个个花开淡墨痕。不要人夸好颜色，只流（留）清气满乾坤。"可谓画家清高拔俗气节人品的写照。其题诗、书法与其画一样，充满了清气纯正、洒脱雄劲的意趣。

倪瓒（1301—1374），字元镇，号云林子、风月主人等，无锡（今属江苏）人。元代著名的画家，"元四家"之一。亦工于诗文，有《倪云林诗集》《清闷阁全集》。存小令十二首。

倪瓒画像（张雨题赞） 元·佚名

倪瓒画像 清刊本《吴郡名贤图传赞》

自书诗稿　元·倪瓒

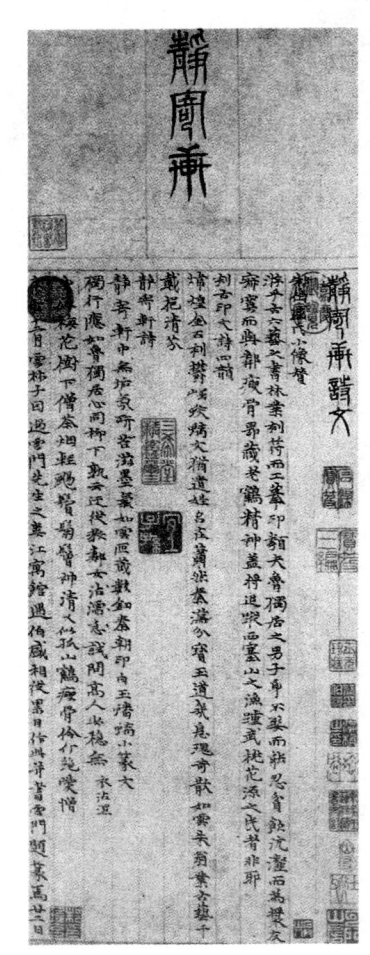

自书《静寄轩》诗书帖　元·倪瓒

十九、明代诗文

1. 刘基、宋濂、袁凯、高启、方孝孺、杨士奇、杨荣和于谦

刘基（1311—1375），字伯温，浙江青田（今属浙江）人。明代开国功臣，也是元末明初著名诗人。诗风朴质雄健。诗文收入《诚意伯刘文成公集》。寓言集《郁离子》甚为知名。

刘基画像　清·上官周《晚笑堂画传》

自书《春兴八首》诗书帖（局部）　明·刘基

宋濂（1310—1381），字景濂，号潜溪。祖籍潜溪（今浙江金华）。明初散文家。著作有《宋文宪公全集》等。

宋濂画像　清·上官周《晚笑堂画传》

袁凯（生卒年不详），字景文，号海叟，华亭（今上海松江）人。明初诗人，有《海叟集》。

袁凯画像

高启（1336—1374），字季迪，长洲（今江苏苏州）人。明初诗人。人称其诗，高华俊逸，近于盛唐诗人。有诗集《高太史大全集》、文集《凫藻集》、词集《扣舷集》等。

高启画像

梅花（九首之一）

明·高启

琼姿只合在瑶台，谁向江南处处栽？
雪满山中高士卧，月明林下美人来。
寒依疏影萧萧竹，春掩残香漠漠苔。
自去何郎无好咏，东风愁寂几回开！

方孝孺（1357—1402），字希直，宁海（今属浙江）人。明代散文家。著作有《逊志斋集》《方正学先生集》等。

方孝孺画像　　　　杨士奇画像

杨士奇（1365—1444），名寓，以字行。泰和（今属江西）人。与杨荣、杨溥同辅朝政，时称"三杨"。明初文学家，其文属"台阁体"，多经圣应酬之作。有《东里全集》等。

杨荣（1372—1440），字勉仁。建安（今福建建瓯）人。与杨士奇、杨溥同辅朝政，并称"三杨"。能诗文，为明初"台阁体"诗派的代表人物之一。有《杨文敏集》等。

杨荣家建有杏园。《杏园雅集图》即绘杨荣等五人（包括画家谢环）在杏园雅集的情景。

杏园雅集图（中段）　明·谢环

杏园宴集图（局部） 明·崔子忠

于谦（1398—1457），字廷益，钱塘（今浙江杭州）人。明代政治家、军事家和诗人。诗作质朴刚劲，主要抒写忧国忧民的社会内容。诗文收入《于忠肃公集》。

石灰吟

明·于谦

千锤万击出深山，
烈火焚烧若等闲。
粉骨碎身全不怕，
要留清白在人间。

于谦画像

2. 沈周、解缙、祝允明、唐寅和文徵明

沈周（1427—1509），字启南，号石田，长洲（今江苏苏州）人。一生不仕，以诗画自娱。诗学白居易、苏轼、陆游等。明代吴门画派的开创人。

沈周画像　清刊本《吴郡名贤图传赞》

惜余春慢（二首之一）
明·沈周

院没余桃，园无剩李，断送青春在地。临轩国艳，留取迟开，香色信无双美。何事香消色衰，不用埋冤，是他风雨。苦悁悁抱病，佳人支倦，骨酸难起。尽满眼、弱瓣残须，倾台侧当，嫣红烂紫。令人可惜，十二阑干，更向黄昏孤倚。只见东西乱飞，随例忙忙，何曾因子？漫芳渠吊蝶，寻蜂知得，断魂何许。

牡丹图（自作《惜余春慢》词意图） 明·沈周

扁舟诗思图　明·沈周

解缙（1369—1415），字大绅，号春雨，江西吉安人，曾为翰林学士，主持纂修《永乐大典》。后死于狱中。能诗文，有《春雨杂述》等。

解缙画像

自书《游七星岩》诗书帖（局部） 明·解缙

祝允明（1461—1527），字希哲，号枝山，长洲（今江苏苏州）人。明代书法家、文学家。诗文仿齐梁体，不追随当时前七子"诗必盛唐"之风。有《怀星堂集》等。

祝允明画像

自书诗草书书帖（局部）
明·祝允明

自书诗作三首：《歌风台》《登太白酒楼》和《将归行》。祝允明自识道："夏日过王埙酒边，忽云庄至。数勺后，袖出数扇，王氏笔墨皆精良。既书，又已展纸在案，虽颇以酒倦，奈纸复佳，不觉笔之跃跃。但苦纸长未能满，云庄口诵余旧作，其长句如流，遂意其兴。"

自书《闲居秋日》等诗草书帖（局部） 明·祝允明

自书《和陶渊明饮酒诗》二十首草书帖（局部） 明·祝允明

唐寅画像并题赞 清·吴履重摹 清·钱大昕赞并书

唐寅（1470—1524），字伯虎，号六如居士、桃花庵主等。吴县（今属江苏）人。明代画家、文学家。能文工诗，文以六朝为宋，诗风一生多变。有《六如居士全集》。

秋风纨扇图题诗

明·唐寅

秋来纨扇合收藏，何事佳人重感伤。
请把世情详细看，大都谁不逐炎凉。

秋风纨扇图　明·唐寅

吴门避暑 吴门避暑不愁难,绿树阴浓画舸宽。石首鲜监黄腻雨,杨梅肥绽紫金丸。盏浮竹叶萱凉水,枕散榴花角黍盘。忽报洗天风雨至,一时龙挂万人看。
唐寅

自书《吴门避暑》书帖 明·唐寅

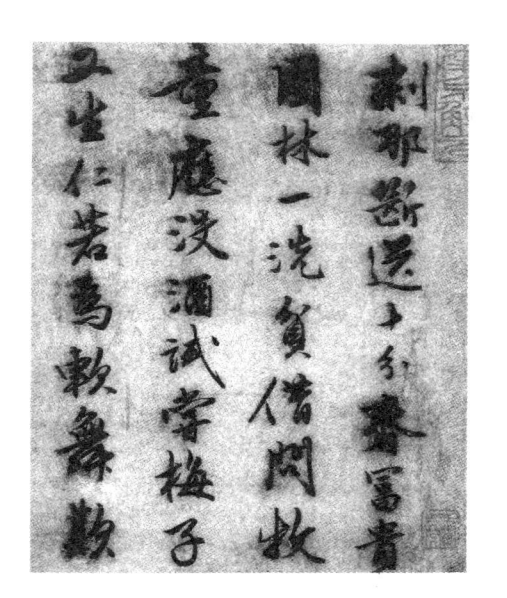

自书《落花诗》行书帖　明·唐寅

文徵明（1470—1559），字徵明，更字徵仲，号衡山居士，长洲（今江苏苏州）人，明代书画家、文学家，诗宗白居易、苏轼。亦能作词和散曲。有《甫田集》。

文徵明画像　清刊本
《吴郡名贤图传赞》

自书《西苑诗十首》行书帖
明·文徵明

文徵明《秋闺》曲意图
明刊本《吴骚合编》（明代散曲选集）插图

3. 李东阳、王守仁、李梦阳、杨慎、归有光和李贽

李东阳（1447—1516），字宾之，湖广茶陵（今属湖南）人。明代诗人，"茶陵诗派"的核心人物。清人辑有诗文集《怀麓集》100卷，其中诗作30卷。

李东阳画像

李东阳诗文可餐

东阳事父淳有孝行。初官翰林时，常饮酒至夜深，父不就寝，忍寒待其归，自此终身不夜饮于外。为文典雅流丽，朝廷大著作多出其手。……既罢政居家，请诗文书篆者填塞户限，颇资以给朝夕。一日，夫人方进纸墨，东阳有倦色。夫人笑曰："今日设客，可使案无鱼菜耶？"乃欣然命笔，移时而罢，其风操如此。

——《明史·李东阳传》

王守仁（1472—1529），浙江余姚人。世称阳明先生。明代哲学家、文学家。善为文，有《阳明先生全集》及集外散曲《归隐》等。

王守仁（阳明）画像
清·上官周《晚笑堂画传》

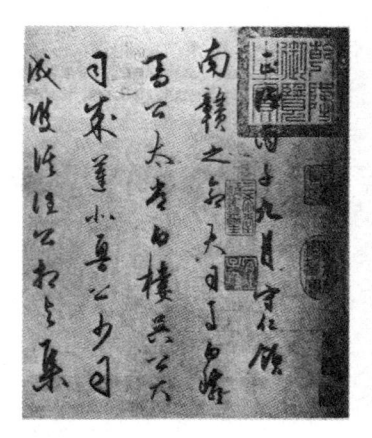

自书《龙江留别》诗书帖　明·王守仁

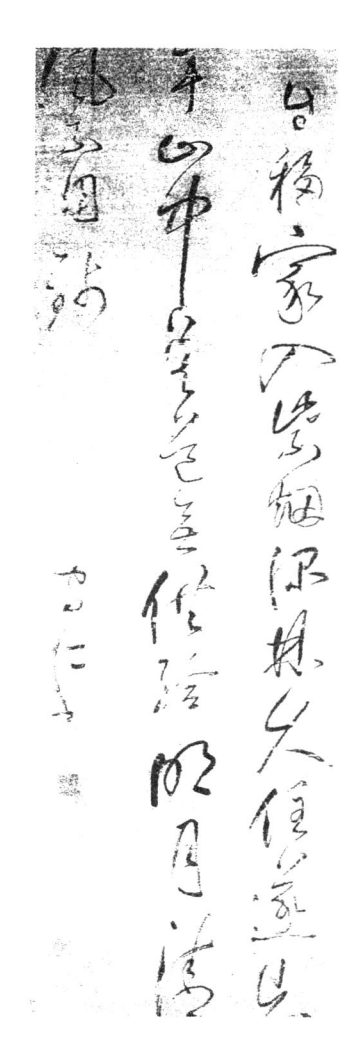

自书七言绝句书帖　明·王守仁

　　李梦阳（1473—1530），字献吉，号空同，庆阳（今属甘肃）人。明代文学家，主张"文必秦汉诗必盛唐"，是"前七子"的首领人物，明代文学复古运动的健将。有《空同集》。

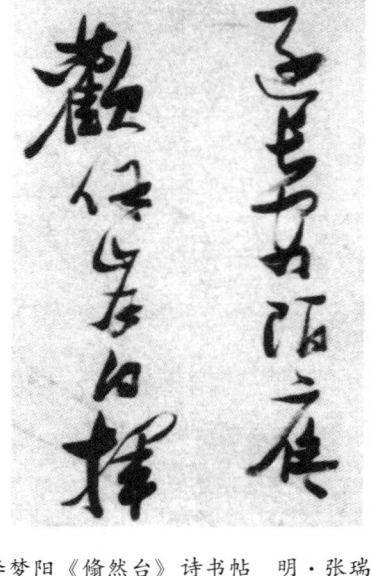

李梦阳《翛然台》诗书帖　明·张瑞图

杨慎（1488—1559），字用修，号升庵，四川新都人。明代著名文学家、诗人。有《升庵集》。另有散曲集《陶情乐府》，收作品一百余首。

杨慎画像　清刻本

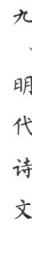

升庵簪花图　明·陈洪绶

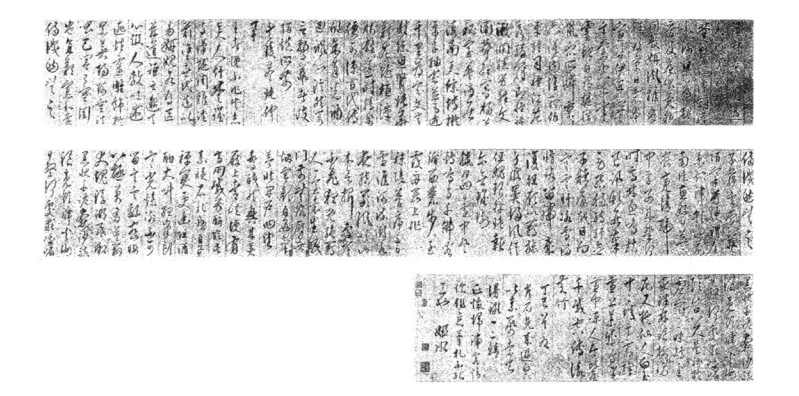

杨慎诗三首行草书帖　明·黄姬水

　　全卷书杨慎三首诗，即《过射陂可韵诗》《金陵答张仲举》和《腊月四日雪中作》。

归有光（1507—1571），字熙甫，昆山（今江苏昆山）人，人称震川先生。三十五岁中举，六十岁始进士及第。历任长兴知县、南京太仆寺丞。明代文学家，散文尤有成就。有《震川先生集》。

归有光画像　清刻本

李贽（1527—1602），号卓吾，别号温陵居士。泉州晋江（今属福建）人。曾任国子监博士、知府等职，后弃官讲学、著书。为人有机变，好谈禅，公开抨击孔孟之道，以异端自居。后受迫害，自杀于狱中。明代进步的思想家、文学家。著有《焚书》《藏书》《李氏文集》等。另有托名李卓吾评点的《忠义水浒传》，颇有卓识，影响很大。

李贽画像

4. 梁辰鱼、徐渭、王世贞、汤显祖和袁宏道

梁辰鱼（约 1521—约 1594），字伯龙，昆山（今属江苏）人。明代戏曲作家，有传奇《浣纱论》、杂剧《红线女》等存世。亦工于诗和散曲，有诗集《远游稿》和散曲集《江东白苎》等。

梁辰鱼《金络索》曲意图，明刊本《吴骚集》插图

徐渭（1521—1593），字文长，山阴（今浙江绍兴）人。秀才出身，曾为幕僚。明代著名书画家、戏曲家、诗人。其诗多抒发个人不平之气，奇姿纵肆，个性鲜明。有《徐文长集》。

徐渭画像

徐渭石刻像

题墨葡萄诗

明·徐渭

半生落魄已成翁，独立书斋啸晚风。
笔底明珠无处卖，闲抛闲掷野藤中。

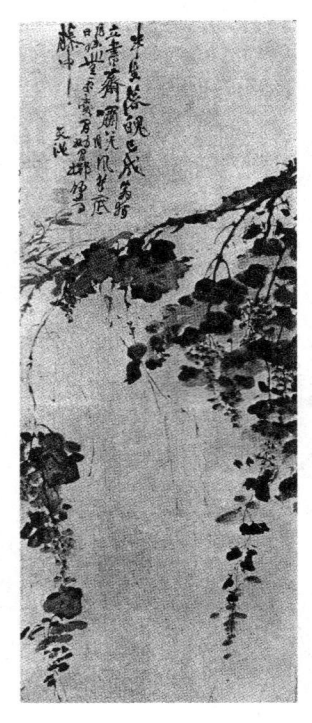

葡萄图并题诗　明·徐渭

自书《夜雨剪春韭诗》
行书帖　明·徐渭

徐渭以行、草名世。行书《夜雨剪春韭诗》，自书七言律诗一首，6行，共77字，现藏上海博物馆。诗意淡雅，但书作用笔旷放恣肆，兼得苍劲姿媚之趣。

王世贞（1526—1590），字元美，号凤洲，又号弇州山人。明太仓《今属江苏》人。嘉靖进士，官刑部主事，后累官刑部尚书。明代文学家。与李攀龙共主文坛，同为"后七子"领袖。倡导复古，持"文必秦汉，诗必盛唐"说。有《弇州山人四部稿》《弇州堂别集》等。

汤显祖（1550—1616），字义仍，号海若、若士等。临川（今属江西）人。明代杰出的戏曲作家，亦善诗文。有《汤显祖集》（1961年版），收戏曲《牡丹亭》等和存世诗文。

袁宏道（1568—1610），字中郎，号石公，公安（今湖北公安）人。万历二十年（1592）进士，任过吴县知县、吏部郎中等职。与兄宗道、弟中道并称"三袁"，为公安派首领。有《袁中郎集》。

王世贞画像

汤显祖画像

雅集图（局部）　明·陈洪绶

《雅集图》绘"三袁"等文人雅集的情景。"三袁"，指袁宏道与其兄袁宗道、其弟袁中道三人。他们是明代后期重要文学流派"公安派"的中坚人物。

5. 徐霞客、张溥和陈子龙

徐霞客（1587—1641），名弘祖，字振之，号霞客。南直隶江阴（今属江苏）人。明代散文家、地理学家。有10卷本《徐霞客游记》。

张溥（1602—1641），字乾度，号西铭。太仓（今属江苏）人。明末文学家，以散文著称，有《七录斋集》等。

徐霞客画像　清·吴儁摹

张溥画像
清刻本《吴郡名贤图传赞》

陈子龙（1608—1647），字人中，更字卧子，号大樽。华亭（今上海松江）人。南明抗清将领。诗、词均有成就，为明末文坛领袖人物之一。有《陈忠裕公全集》。

陈子龙画像
清刊本《古圣贤像传略》

二十、清代诗文

1. 钱谦益、吴伟业、黄宗羲、方以智和冒襄

钱谦益（1582—1664），字爱之，号牧斋，常熟（今属江苏）人。明末清初散文家、诗人。著作有《初学集》《有学集》《投笔集》《苦海集》等多种。

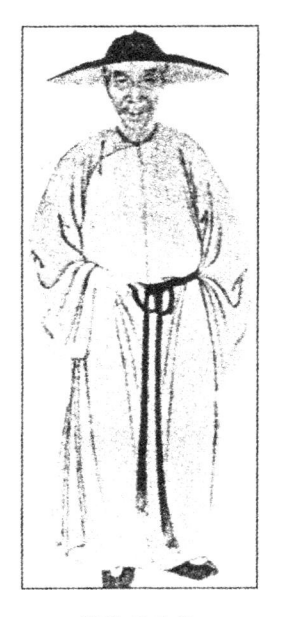

钱谦益画像

自书七言诗书帖　清·钱谦益

吴伟业（1609—1672），字骏公，号梅村，江苏太仓人。明末清初诗人。著作有《梅村家藏稿》《梅村诗余》等。

吴伟业画像　清·顾见龙

千章乔木俯清川　高阁登临雨霁天
明月笙歌红烛院　春山书画绿杨船
郝超好客宜直士　藉甚谈经正少年
烟霞胜处着神仙

自书七言律诗书帖　清·吴伟业

黄宗羲（1610—1695），字太冲，号梨洲，余姚（今属浙江）人。清初思想家、学者、散文家，也能作诗。文学作品集有《黄梨洲文集》《黄梨洲诗集》等。

黄宗羲画像　清刊本《於越先贤像传赞》

方以智（1611—1671），字密之，号鹿起。桐城（今属安徽）人。明末清初文学家、思想家、科学家。文学作品集有《浮山全集》等。

方以智画像

冒襄（1611—1693），字辟疆，号巢民，如皋（今属江苏）人。

清代文学家。撰有《巢民诗集》《巢民文集》《影梅庵忆语》等。

冒襄画像

自书《咏夹竹桃》(之一) 诗书帖 清·冒襄

2. 归庄、顾炎武、尤侗、王夫之、毛奇龄和屈大均

归庄（1613—1673），字尔礼，又字玄恭，号恒轩。昆山（今属江苏）人。清初文学家。所著诗集、文集多卷，皆亡佚。后人有辑本多种。1962 年中华书局编成《归庄集》出版。

顾炎武（1613—1682），字宁人，人称亭林先生。昆山（今属江苏）人。清初思想家、文学家，文学创作以诗见长，有《亭林诗文集》等。

归庄画像

顾炎武画像

尤侗（1618—1704），字同人，又字展成，号悔庵，晚年别署西堂老人。长洲（今江苏苏州）人。康熙时授翰林院检讨，修《明史》。清代文学家，诗作丰富，亦能词曲。除诗文《西堂全集》外，另有传奇、杂剧合集《西堂曲腋》。散曲有《百末词》，存小令二十八首，套数两篇。

尤侗画像

王夫之（1619—1692），字而农，号姜斋，人称船山先生。衡阳（今属湖南）人。清初思想家、学者、文学家。诗、文、词皆工，有《王船山诗文集》等。

王夫之画像

毛奇龄（1623—1716），字大可，号秋晴。萧山（今属浙江）人。清代学者、文学家，工诗善词，著作丰富，诸子及门人为其编《西河合集》400余卷。

毛奇龄画像

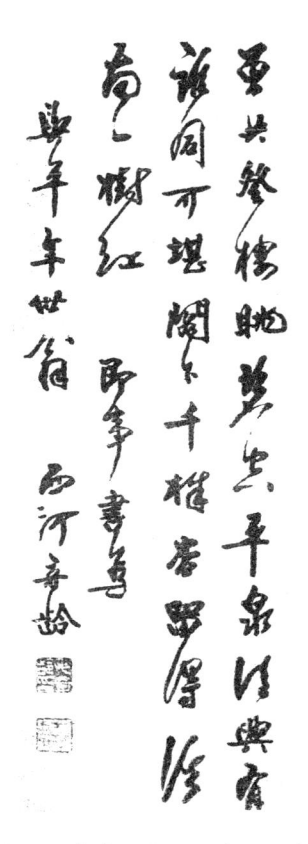

自书《即事诗》书帖　清·毛奇龄

屈大均（1630—1696），字翁山，番禺（今属广东）人。明末清初诗人。后人辑其作品有《翁山诗外》《翁山文外》等。

屈大均画像

3. 陈维崧、朱彝尊、王士禛、宋荦、纳兰性德、厉鹗和郑燮

陈维崧（1625—1682），字其年，号迦陵，宜兴（今属江苏）人。清代词人、骈文家。撰有《湖海楼诗文词全集》54卷，其中词占30卷。

陈维崧画像

朱彝尊（1629—1709），字锡鬯，号竹垞，晚称金风亭长。秀水（今浙江嘉兴）人。康熙时授检讨，修《明史》。曾主持文坛近五十年，为清初诗词名家，有《曝书亭集》等数百卷。散曲集《叶儿乐府》一卷，收小令四十三首，另辑佚曲十六首。

朱彝尊画像

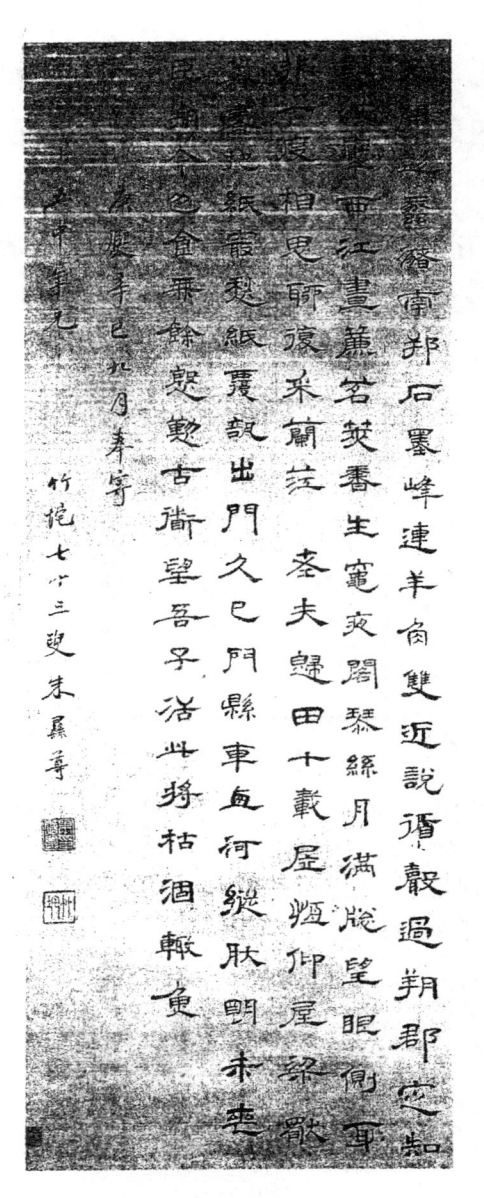

自书诗书帖 清·朱彝尊

　　王士禛（1634—1711），字贻上，号渔洋山人。新城（今山东桓台）人。官至刑部尚书。清代诗人，以抒情写景见长，论诗主张神韵说，反对以议论、学问入诗。有《带经堂全集》。

王士禛画像

王士禛放白鹇图像　清·禹之鼎

归　思

清·王士禛

王柳先生本在山，偶然为客落人间。
秋来见月多归思，自起开笼放白鹇。

王士禛幽篁坐啸图像　清·禹之鼎

宋荦（1634—1713），字牧仲，号漫堂、西陂。归德府（今河南商丘）人。清代诗人。著作有《西陂类稿》50卷、《漫堂说诗》等。

宋荦画像

纳兰性德（1655—1685），字容若，满洲正黄旗人。清代词人，词作主要写离别相思、怨夏悲秋的个人感受，词风婉约清新。清代人辑有《纳兰词》等。

纳兰性德画像

长相思

清·纳兰性德

山一程，水一程，身向榆关那畔行，夜深千帐灯。

风一更，雪一更，聒碎乡心梦不成，故园无此声。

厉鹗（1692—1752），字太鸿，钱塘（今浙江杭州）人。以词名世，也工于诗。有《樊榭山房集》20卷。散曲有《樊榭山房北乐府小令》，存小令82首。

厉鹗画像

郑燮（1693—1766），字克柔，号板桥，江苏兴化人。44岁考中进士，先后出任山东范县、潍县县令。因请赈灾得罪豪绅，遭罢官。据说是三只毛驴送他离职的，一只自骑，一只仆人骑，一只驮书籍和阮琴，时人誉之为"三绝诗书画，一官归去来"。晚年居扬州，卖画为生。工诗词；善书法，创六分半书；尤善画，因而有诗、书、画"三绝"之称。著有《郑板桥全集》。

郑燮画像

潍县署中画竹，呈年伯包大中丞括

清·郑燮

衙斋卧听萧萧竹，疑是民间疾苦声。
些小吾曹州县吏，一枝一叶总关情。

墨竹　清·郑燮

竹　石

清·郑燮

咬定青山不放松，
立根原在破岩中。
千磨万击还坚劲，
任尔东西南北风。

竹石图　清·郑燮

4. 袁枚、姚鼐、蒋士铨、黎简和阮元

袁枚（1716—1798），字子才，号简斋、随园老人。浙江钱塘（今杭州市）人。乾隆进士。曾任江宁等地知县。辞官后留居江宁，筑园于小仓山，号随园。清代诗人，散文、骈文也有特色。论诗主张抒写性情、创性灵说，所写诗多抒发闲情逸致。有《小仓山房集》《随园诗话》等。

袁枚画像

姚鼐（1732—1815），字姬传，号惜抱，人称惜抱先生。桐城（今安徽桐城县）人。乾隆进士，官至刑部郎中。后辞官，主持南京、扬州等地书院四十余年。清代散文家，是清代重要文学流派——桐城派的重要首领人物。提倡义理、考据、辞章三合一的创作理论。为文简洁雅正，严守章法。编有《古文辞类纂》，著有《惜抱轩全集》。

姚鼐画像

桐城派四位代表人物：戴名世、方苞、刘大櫆、姚鼐
采自郭杰等《中国文学史话·清代文学卷》

蒋士铨（1725—1784），字心馀、苕生，号藏园、清容居士。江西铅山人。曾官翰林院编修，是乾隆、嘉庆年间影响巨大的诗人，与袁枚、赵翼并称"江右三大家"。有《忠雅堂集》43卷，包括文集、诗集、词和散曲。

蒋士铨画像　　　　黎简画像

黎简（1747—1799），字简民，号二樵。顺德（今属广东）人。清代诗人。著作有《五百四峰草堂诗文钞》《续集》等。

阮元（1764—1849），字伯元，号芸台，仪征（今属江苏）人。清代学者、文学家。有诗文集《揅经室集》等。

阮元画像

5. 林则徐和姚燮

　　林则徐（1785—1850），字少穆，侯官（今福建闽侯）人。他在禁烟抗英和谪戍伊犁时期，曾写下了不少优秀诗作。有《云左山房诗钞》等。

林则徐画像

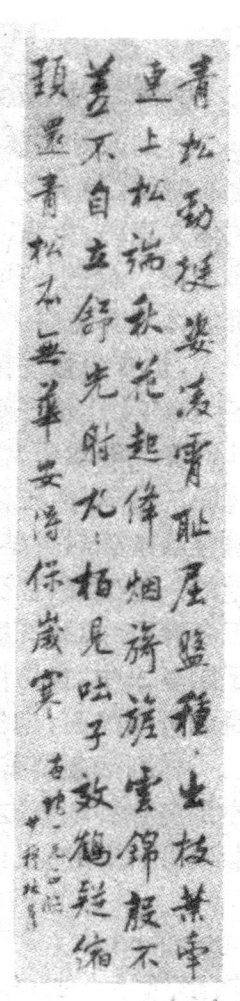

林则徐五言诗书帖

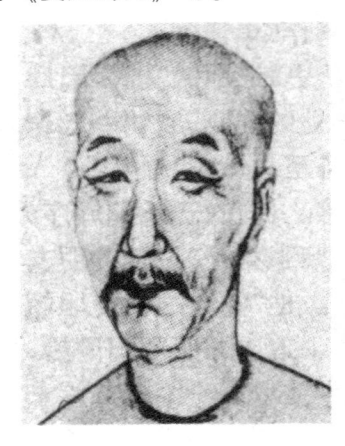

姚燮（1805—1864），字梅伯，号大梅山人，晚号复庄。浙江镇海（今浙江宁波）人。长于书画，通戏曲、音乐，工词、骈文，但以诗作成就最高。有《复庄诗问》等。

姚燮画像

姚燮忏绮图（局部） 清·费丹旭

图绘姚燮的家居生活。姚燮端坐蒲团，沉思微笑。有侍女解书卷，有侍女铺纸笔。

"相对有良友,如何不抚琴"诗意图(写大梅诗意)　清·任熊

乘舟听笛诗意图(写大梅诗意)　清·任熊

下马弹琴诗意图(写大梅诗意)　清·任熊

二十一、历代才女诗文

1. 卓文君、班婕妤和班昭

卓文君，西汉临邛（今四川邛崃）人。县富豪卓王孙之女。善鼓琴，通音律，能诗文。丧夫后家居，家宴时被司马相如（前179—前117）以琴心挑动而与之夜奔，逃往成都。曾在成都当垆卖酒。

《西京杂记》（旧题汉代刘歆撰，后人考证当为晋代葛洪著）中说：

> 司马相如初与卓文君还成都，居贫愁懑，以所着鹔鹴裘就市人阳昌贳酒，与文君为欢。既而文君抱颈而泣曰："我平生富足，今乃以衣裘贳酒！"遂相与谋，于成都卖酒。相如亲着犊鼻裈涤器，以耻王孙。王孙果以为病，乃厚给文君，文君遂为富人。

> 文君姣好，眉色如望远山，脸际常若芙蓉，肌肤柔滑如脂。十七而寡，为人放诞风流，故悦长卿之才而越礼焉。

> 长卿素有消渴疾，及还成都，悦文君之色，遂以发痼疾。乃作《美人赋》，欲以自刺，而终不能改，卒以此疾至死。文君为诔，传于世。

《西京杂记》中载有卓文君作《白头吟》诗一首：

> 司马相如将聘茂陵人女为妾，卓文君作《白头吟》以自绝，相如乃止。

白头吟

汉·卓文君

皑如山上雪，皎若云间月。
闻君有两意，故来相决绝。
今日斗酒会，明旦沟水头。
躞蹀御沟上，沟水东西流。
凄凄复凄凄，嫁娶不须啼。
愿得一心人，白头不相离。
竹竿何袅袅，鱼尾何簁簁！
男儿重意气，何用钱刀为！

卓文君画像　清·王翙《百美新咏》

文君当垆卖酒图　民间版画

班婕妤

  班婕妤，西汉楼烦（今山西宁武）人，《汉书》作者班固的祖姑。成帝时（前32—前7）选入后宫，初为少使，后立为婕妤。著有诗文集一卷，已佚。今存《自悼赋》《捣素赋》及《怨歌行》（或称《团扇歌》）等，文辞哀婉动人。

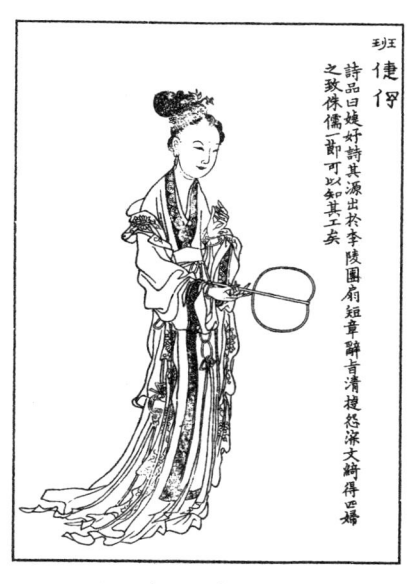

班婕妤画像　清·上官周《晚笑堂画传》

班昭画像　清·金古良《无双谱》

班昭（49—120），一名姬，字惠班。东汉扶风（今陕西咸阳东北）人。班彪之女，班固之妹。曾奉和帝之命，与马续共续《汉书》。著有赋、铭等十六篇，集三卷，不传。今存《东征赋》《女诫》等。

怨歌行

汉·班姬

新裂齐纨素,皎洁如霜雪。
裁作合欢扇,团团似明月。
出入君怀袖,动摇微风发。
常恐秋节至,凉飙夺炎热。
弃捐箧笥中,恩情中道绝。

班姬团扇　明·唐寅

2. 蔡 琰

蔡琰与《胡笳十八拍》

《胡笳十八拍》,传为汉末女诗人蔡琰所作。

蔡琰(生卒年不详),字文姬,又字昭姬。陈留郡圉(今河南杞县)人。东汉末年著名学者、文学家、书法家和音乐家蔡邕的女儿。蔡邕冤死狱中后,蔡琰于战乱中被羌胡兵所掳,流落至南匈奴(今山西一带),为左贤王所纳。在胡十二年,生有二子。后为曹操以金璧赎回国中。蔡琰存有自传体五言长篇叙事诗《悲愤诗》一首和《胡笳十八拍》。

文姬归汉图　宋·陈居中

《胡笳十八拍》共分十八章,一拍即一章,故名。全诗一千二百余字,先写国家混乱,民不聊生,自己被掳入南匈奴;再写被赎归,与二子别离的悲伤情景;最后直抒怨恨之情。明代佚名作者的《胡笳十八拍图》,即按诗节画成的组画。宋代陈居中等人的《文姬归汉图》则集中描绘了文姬归汉时与左贤王和二子离别的情景。

文姬归汉图　南宋·陈居中

文姬归汉图　金·张瑀

《胡笳十八拍·第八拍》诗意图　明·佚名

蔡文姬归汉图　清·苏州陆嘉顺刻本

赎姬归汉图　清·吴友如

3. 苏蕙与苏伯玉妻

前秦女诗人苏蕙，字若兰，武功县（今属陕西）人。著有诗文五千余言传于世，今仅存《璇玑图》诗。苏蕙之夫窦滔，前秦苻坚时为秦州刺史，因罪被徙流沙。苏蕙思念甚切，乃织锦为《回文璇玑图诗》以赠。（武则天《璇玑图序》中，则有较详尽的另一叙说。）

苏若兰作《回文诗》图
清·王翙《百美新咏》

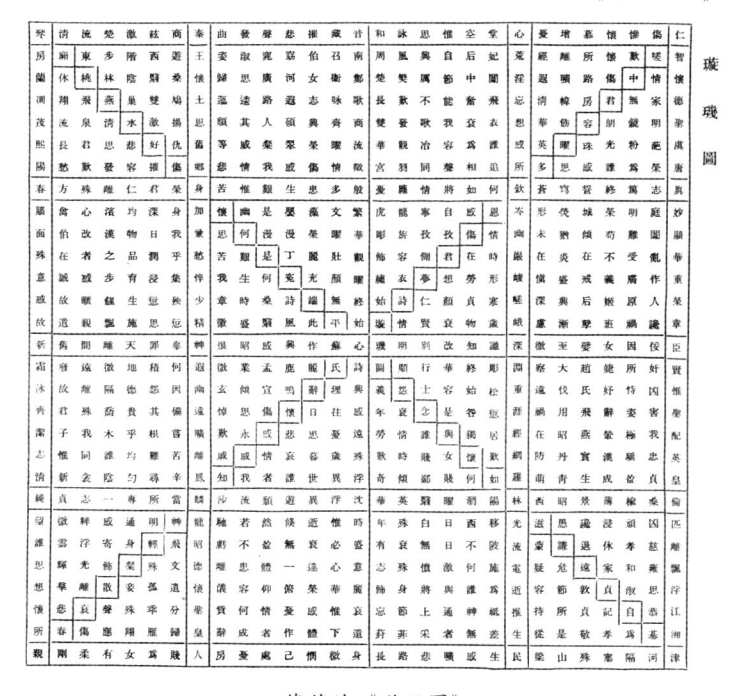

苏若兰《璇玑图》

回文诗（璇玑图、盘中诗）是我国古代的一种杂体诗。回文，就是文字秩序形式上的回绕，回文诗就是可以顺读、倒读的诗篇。有的可以反复回旋，得诗更多，如苏蕙思念其夫窦滔，织锦为《璇玑图》，计841字，可得诗3800余首。大约由于回文诗"回环屈曲之妙，妇人聪慧细心或能为之"，所以古代写回文诗的妇女相当多。写回文诗，大多带有文字游戏的性质，但其中也不乏优秀之作，如现存流传最早的晋人苏伯玉妻的《盘中诗》。

盘中诗图　东晋·苏伯玉妻

苏伯玉妻写《盘中诗》

东晋时苏伯玉被使在蜀，久而不归。其妻居长安，作《盘中诗》以表达思念之情。苏伯玉妻的这首诗，是我国存世最早的一首《盘中诗》。明代钟惺评其为："诗奇、事奇、想奇，高文妙技，横绝千古。"

这首《盘中诗》的读法为：

山树高，鸟啼悲。泉水深，鲤鱼肥。
空仓雀，常苦饥。吏人妇，会夫稀。
出门望，见白衣。谓当是，而更非。
还入门，中心悲。北上堂，西入阶。
急机绞，抒声催。长叹息，当语谁。
君有行，妾念之。山有日，还无期。

结巾带，长相思。君忘妾，未知之。
妾忘君，罪当治。安有行，宜知之。
黄者金，白者玉。高者山，下者谷。
姓者苏，字伯玉。人才多，知谋足。
家居长安身在蜀，何情马蹄归不数？
羊肉千斤酒百斛。令君马肥麦与粟。
今时人，暂不足。与其书，不能读。
当从中央周四角。

4. 唐五代才女

　　初唐才女上官婉儿（664—710），陕州（今河南三门峡）人。唐初诗人上官仪之孙。婉儿聪颖能文，年仅十四岁即为武则天内掌诏命。中宗时封为昭容。开元初，编其诗文为二十卷，已佚。现仅存诗三十二首。

　　婉儿常代皇帝品评群臣所赋之诗。如沈佺期和宋之问有两诗不相上下、婉儿以尾句高昂有力评宋诗为优就是一则有名的故事。

上官婉儿画像
清·王翙《百美新咏》

　　江采蘋（723—756），莆田（今福建莆田）人。唐玄宗妃子，因所居都种有梅花，玄宗戏名其为"梅妃"。梅妃善为诗文，自比才女谢道韫。初为玄宗宠幸，后为杨玉环所嫉，被疏远。玄宗曾密赐其珍珠一斛，梅妃不受，作《谢赐珍珠》诗一首示意。

梅妃画像
清·王翙《百美新咏》

薛涛（约768—832），字洪度（弘度），原籍长安（今陕西西安）。幼时随父薛郧仕宦入蜀，父母死后，沦为乐妓。后脱籍，居成都西郊浣花溪。聪慧工诗，时称"女校书"。与当时著名诗人白居易、元稹、刘禹锡等均有唱和往还。好制松花（红色）小笺，人称"薛涛笺"。有《洪度集》一卷。

薛涛画像
清·王翙《百美新咏》

薛涛诗意画
明编刻本《青木娄韵语》
（历代妇女诗词曲）选集插图

鱼玄机（约844—868），字幼微，一字蕙兰。长安（今陕西省西安市）人。本市民家女，姿色秀丽，有才思，善诗文。15岁被李亿纳为妾，但为夫人所妒而不能容，被遣出家，在长安咸宜观为女道士。曾漫游江陵等地以遣怀，与文士温飞卿等交往赠诗。后因杀侍婢绿翘，被京兆尹温璋处死。有《鱼玄机集》一卷，《全唐诗》中存诗48首。

清时因避清帝康熙玄烨之讳而改称元机。《元机诗意图》的上部题辞，右为画家题款，左为自署为"古华山人"的沈吾的识款，记叙了画家作画的由来，是改琦仿清代画家余集（1738—1823）《元机诗意图》而创作的。图中元机坐在一张酸枝椅上，左手持诗卷置于左腿盘膝处，右手倚放于酸枝椅的扶手上，文静、娟秀、聪慧而富有才情，却笼罩着一种遭遇不幸的悲剧氛围。

元机诗意图　清·改琦

柳氏，中唐诗人韩翃之爱妾。安史之乱中，独留都下的柳氏，削发入法灵寺避乱，为番将所掳。后被救出，与韩翃团聚。韩翃作诗《寄柳氏》（又题《章台柳》）说：

章台柳，章台柳，往日依依今在否？纵使长条似旧垂，也应攀折他人手。

柳氏作诗《答韩翃》（又题《杨柳枝》）说：

杨柳枝，芳菲节，可恨年年赠离别。一叶随风忽报秋，纵使君来岂堪折！

柳氏画像
清·王翙《百美新咏》

花蕊夫人，姓徐，或说姓黄，名未详。青城（今四川省灌县东南）人。后蜀主孟昶的妃子，才慧美貌，号花蕊夫人，宠冠后庭。

花蕊夫人曾效唐代诗人王建作《宫词》157首，清新俊雅，尤有思致。她被宋兵俘获入备后宫后，宋太祖听说了她的才思，就召见她并令陈诗，花蕊夫人即吟诵了《述国亡诗》。有说当宋太祖问她后蜀灭亡的原因时，她当即吟诵了此诗，所以诗题一作《口占答宋太祖》。诗曰：

君王城上竖降旗，妾在深宫那得知。十四万人齐解甲，宁无一个是男儿？

花蕊夫人画像
清·王翙《百美新咏》

5. 李清照

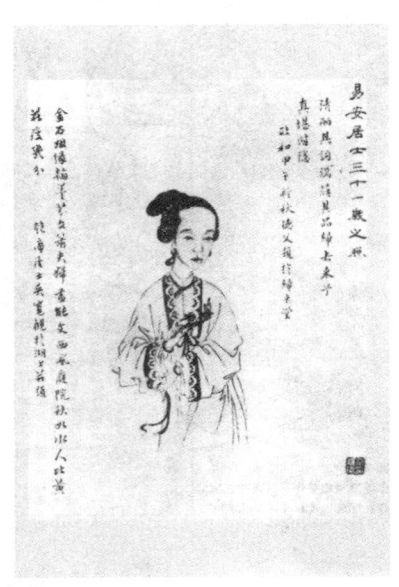

易安居士三十一岁画像
宋·佚名

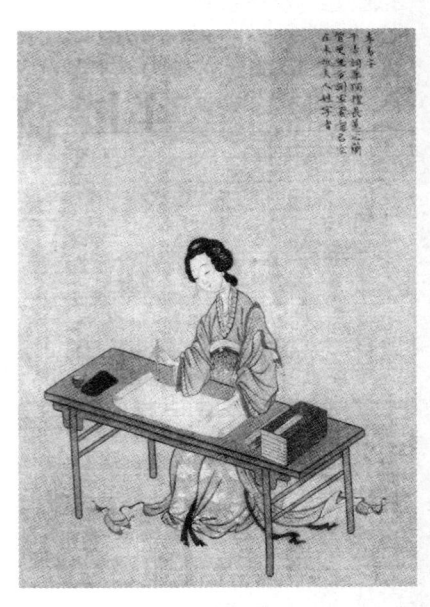

李清照画像
明刊本《千秋绝艳图》

　　李清照（1084—约1155），号易安居士，济南（今属山东）人。著名学者李格非之女，金石考据学家赵明诚之妻。曾与赵明诚共事金石研究。靖康乱后，随朝廷南奔。赵明诚病死途中，李清照从此只身流寓，晚年孀居金华。其词以南渡为界，前期多写闺怨相思之情，后期于身世悲慨中寄寓亡国之恸。词风婉约，多用白描手法，语言清丽晓畅。后人辑有《漱玉词》，今人有《李清照集校注》。

清代画家姜壎（1764—1821）题此图为《济南李清照酴醾春去图照》。在题一首七律诗后，短跋中说："易安小像，宋欧阳小更所作，藏华注山木樨庵，有耶律文正王题，岁久晦黑，中书行省铁大鸿胪风雅宗匠，命王绎重摹二本，因系以诗。"后署款为"姜壎模王绎本"。

王绎为元末肖像画家。跋中说的耶律文正王即元代诗人耶律楚材，元太宗时任中书令，死后封广宁王，谥文正。

此图画李清照身着绮服，手持折枝酴醾花，正沉浸于花香之中。

济南李清照酴醾春去图照
清·姜壎

李清照画像　清·崔错

如梦令·春景

北宋·李清照

昨夜雨疏风骤，浓睡不消残酒。试问卷帘人，却道海棠依旧。知否？知否？应是绿肥红瘦。

《如梦令·春景》词意图
明刊本《诗馀画谱》

《凤凰台上忆吹箫》词意图
明刊本《诗馀画谱》

凤凰台上忆吹箫

北宋·李清照

香冷金猊，被翻红浪，起来慵自梳头。任宝奁尘满，日上帘钩。生怕离怀别苦，多少事、欲说还休。新来瘦，非干病酒，不是悲秋。

休休！这回去也，千万遍阳关，也则难留。念武陵人远，烟锁秦楼。惟有楼前流水，应念我、终日凝眸。凝眸处，从今又添，一段新愁。

画上题李清照《醉花阴·重阳》全词：

醉花阴·重阳

北宋·李清照

薄雾浓云愁永昼，瑞脑消金兽。佳节又重阳，玉枕纱厨，半夜凉初透。

东篱把酒黄昏后，有暗香盈袖。莫道不销魂，帘卷西风，人比黄花瘦。

梧桐仕女图（李清照《醉花阴·重阳》词意图）
清·王素

6. 朱淑真、孙道绚、管道昇和柳如是

朱淑真（1135—1180），钱塘（今浙江省杭州市）人，一说海宁（在今浙江省北部）人，自号幽栖居士。一般认为她是南宋人，朱熹的侄女。也有说她为北宋人，"与曾布妻魏氏为词友"。生于仕宦家庭，世居桃村。嫁市民为妻，郁郁而死。工诗词，词意凄厉悲凉。后人辑有《断肠集》二卷、《断肠词》一卷传世。

朱淑真画像　清·王翙《百美新咏》

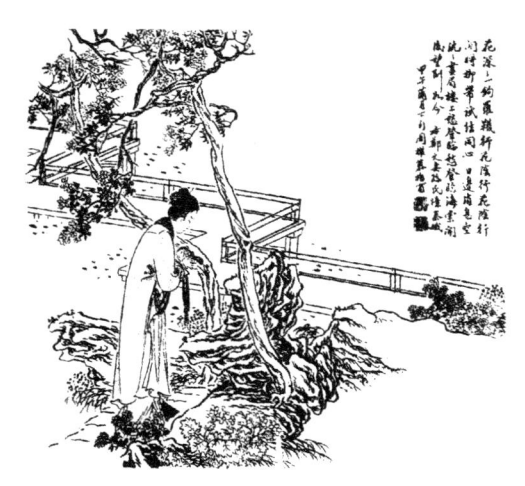

孙道绚《忆秦娥》词意图　近代·周慕桥

忆秦娥

南宋·孙道绚

花深深，一钩罗袜行花阴。行花阴，闲将柳带，细结同心。

日边消息空沉沉，画眉楼上愁登临。愁登临，海棠开后，望到如今。

南乡子

南宋·孙道绚

晓日压重檐,斗帐春寒起来忺。天气困人梳洗懒,眉尖,淡画春山不喜添。

闲把绣丝袴,认得金针又倒拈。陌上游人归也未?恹恹,满院杨花不卷帘。

孙道绚,号冲虚居士。南宋太学生郑文之妻,黄铢之母,或称"孙夫人"。

孙道绚《南乡子》词意图　清·任熊

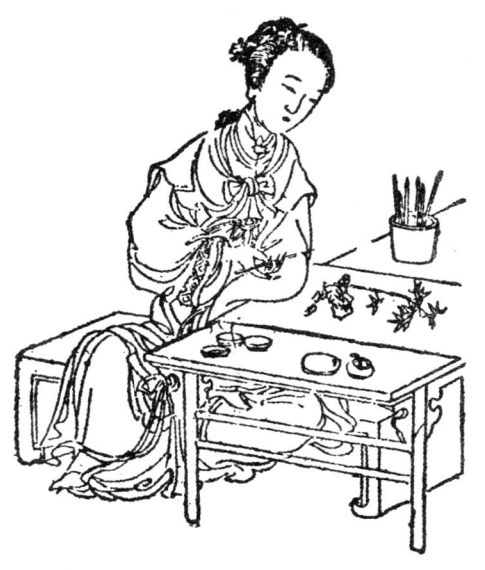

管道昇画像　清·王翙《百美新咏》

　　管道昇（1262—1319），字仲姬，一字瑶姬，吴兴（今属浙江省）人，世称管夫人，丈夫为著名书画家赵孟頫。工书法，精于诗画，尤擅画墨竹、梅兰。有《墨竹谱》一卷。

　　皇庆元年（1312）赵孟頫请假归里，为先人立碑。管道昇随行。次年，使者来召，夫妇俩回到京师。管道昇的《渔父词》四首，即大约作于此时。第一首咏故乡的梅："山月照，晚风吹，只为清香苦欲归。"第二首说："名与利，付之天，笑把渔竿上画船。"第三首说："身在燕山近帝居，归心日夜忆东吴。斟美酒，脍新鱼，除却清闲总不如。"第四首为："人生贵极是王侯，浮名浮利不自由。争得似，一叶扁舟，弄月吟风归去休。"

　　管道昇还写过《泥人词》一首："把一块泥，捻一个尔，塑一个我。将咱两个一齐打破，用水调和，再捻一个尔，再塑一个我。我泥中有尔，尔泥中有我。"表现她与赵孟頫之间的夫妻融洽，历来为人传颂。

明末清初女诗人柳如是（1618—1664），江苏吴江人。本姓杨，名爱。改姓柳，名隐，字如是，号河东君。初为名妓，后为著名文人钱谦益之妾。明亡，劝钱自杀殉国，钱不从。钱病死后，因家族争夺家产纠纷，柳如是愤而自杀。柳如是工诗文，善书画。其诗情辞婉丽，间杂幽怨情怀。有《戊寅草》《柳如是诗》等。

河东夫人柳如是画像　明末·吴焯

书后小记

《历代诗文书画谱》图版的选用，除采自《唐诗画谱》《诗馀画谱》《离骚图》《晚笑堂画传》等古代书画集外，部分有插图的现代出版物，也为本书的编选，提供了检索、引录的诸多便利。这些出版物太多有较详尽的文字叙说，亦可供读者参阅。其主要书目有：

1. 郑振铎《插图本中国文学史》，人民文学出版社，1957年12月；上海人民出版社，2005年5月。

2.《中国大百科全书·中国文学》，中国大百科全书出版社，1986年11月。

3. 张满弓《古典文学版画》，河南大学出版社，2004年1月。

4. 董乃斌、钱理群等《彩色插图本中国文学史》，贵州人民出版社2004年6月。

5. 彭国梁、杨里昂《跟鲁迅评图品画》，岳麓书社，2004年11月。

6. 杨义《中国古典文学图志》（宋至元卷），北京三联书店2006年4月。

7. 吴企明、史创新《题画词与词意画》，云南人民出版社，2007年2月。

8. 郭杰、秋芙等《图文本中国文学史话》，吉林文史出版社，2008年5月。

谨此小记，并向相关著作的作者和出版者致以诚挚谢意。

鲁文忠
2019年7月